GT

高谈文化

GT 高談
高谈文化

中外动物小说精品

高原野牦牛

沈石溪 ◎ 主编

APTIME 时代出版传媒股份有限公司
时代出版 安徽少年儿童出版社

图书在版编目（CIP）数据

高原野牦牛/沈石溪主编.—合肥：安徽少年儿童出版社，2012.1
（中外动物小说精品）
ISBN 978-7-5397-5375-1

Ⅰ.①高…　Ⅱ.①沈…　Ⅲ.①儿童文学—短篇小说—
小说集—世界　Ⅳ.①I18

中国版本图书馆CIP数据核字（2011）第216240号

GAOYUAN YEMAONIU ZHONGWAI DONGWU XIAOSHUO JINGPIN

高原野牦牛　（中外动物小说精品）　　　　　　　　沈石溪／主编

出版人：张克文　　　总策划：上海高谈文化　　　责任编辑：李　琳
责任校对：江　伟　　责任印制：田　航　　特约编辑：童亮亮　刘佳丽
出版发行：时代出版传媒股份有限公司　http://www.press-mart.com
　　　　　安徽少年儿童出版社　　E-mail：ahse@yahoo.cn
　　　　　（安徽省合肥市翡翠路1118号出版传媒广场　　邮政编码：230071）
　　　　　市场营销部电话：（0551）3533521（办公室）　3533531（传真）
　　　　　（如发现印装质量问题，影响阅读，请与本社市场营销部联系调换）
印　　制：安徽新华印刷股份有限公司
开　　本：635 mm×900 mm　1/16　　印张：11　　　字数：140千字
版　　次：2012年1月第1版　　2012年3月第2次印刷
ISBN　978-7-5397-5375-1　　　　　　　　　　　　定价：16.80元

序：动物小说的灵魂

沈石溪

　　20世纪上半叶，西方生物学派生出一门新的边缘学科——动物行为学。传统生物学与动物行为学在学术观念、观察角度、研究手段和考察方法等方面都有显著差异。传统生物学注重被研究者的共性，热衷于调查物种的起源、种群分布的情况，给形形色色的动物分门别类，根据动物的生理构造和特化器官，确定该归于什么纲什么目什么类什么科什么属，分析动物的食谱，解释某种动物与某种环境的依存关系，观察动物的发情时间与交配方式，了解动物的繁殖机制等。动物行为学家对动物的社会结构、情感世界和个体生命的表现投注了更多的研究热情，透过动物特殊的行为方式，从生存利益这个角度，来寻找产生这些行为的原因；在研究动物行为的同时，其严肃理性的目光也注视人类行为，在动物行为与人类行为间勾画出一条清晰可辨的精神脉络，给人类以外的另类生命带去温暖的人文关怀。

　　我喜欢读动物行为学方面的书，每当浮生偷得半日闲，躺在摇椅上，捧一杯清茶，翻开奥地利动物学家、诺贝尔生物医学奖获得者、动物行为学创始人康拉德·劳伦兹的《攻击与人性》，或者浏览美国生物学家、动物行为学先锋斗士E.O.威尔逊的名著《昆虫社会》，或者阅读西方最负盛名的动物行为学家罗伯特·杰伊·罗素的力作《权力、性和爱的进化——狐猴的遗产》，深深被大师们严谨的作风、渊博的知识、犀利的目光、翔实的资料、风趣的语言和无可辩驳的论点所折服，心灵受到强烈震撼，精神引发巨大共鸣。我相信，动物行为学具有无限广阔的发展前景，能找出人类行为为何发生偏差的终极原因，是医治人类社会种种弊端的灵丹妙药，为人类把握正确的进化方向提供了牢靠的坐标。

这也许是我个人的偏爱，有点言过其实了。可动物行为学家们通过长期观察动物生活提供的许多例证，确实对人类社会具有发聋振聩的作用。

例如，解释大熊猫为什么会濒临灭绝，一般认为有两个原因：一是人类大量开荒种地破坏了大熊猫的生存环境，二是大熊猫食谱单一，只吃箭竹，属于适应性较差的特化动物。但动物行为学家却另辟蹊径，通过大量调查研究后认为，大熊猫濒临灭绝除了环境和食谱外，还有另外两个原因：第一，大部分动物都有巢穴，尤其是母动物产息期间都要寻找一个隐蔽安全的地方当做自己的窝，而大熊猫是典型的流浪者，头脑中没有"家"的概念，追随食物四处游荡，吃到哪里睡到哪里，产息育幼期的母熊猫也同样如此，颠沛流离的生活对刚刚出生的幼崽来说显然是有害无益的，风餐露宿，再加上食肉兽的侵害，幼崽存活的概率很小。第二，丛林里凡生存能力不是特别强，而幼崽又须经过很长一段时间精心养育才能独立生活的动物，如狼、豺、狐、獾、鼠和鸟类等，大多实行双亲抚养制，雄性和雌性厮守在一起共同养育后代，而大熊猫生性孤独，雌雄间感情淡漠，只有性没有情，发情期雌雄凑合在一块做一回露水夫妻，完事后各奔东西谁也不认识谁了，清一色的单亲家庭，母熊猫单独挑起抚养幼崽的重担，母熊猫通常一胎产双崽，但过的是没有窝巢的流浪日子，不可能一条胳膊抱一只幼崽走路，又没有配偶替它分担困难，只有在两只幼崽中挑选一只抱走，另一只幼崽就遗弃荒野了。单身母亲的日子过得好艰难，遭遇危险找不到帮手，头疼脑热得不到照应，稍有不慎，唯一的幼崽便会夭折，繁殖后代生命延续的链条就此断裂。

比照我们人类社会，许多人不珍惜温馨的家，把家看做是累赘，把家看做是牢狱、弃家不顾、离家出走、天涯飘零，去过所谓的潇洒生活，面对大熊猫濒临灭绝的事实，难道还不该及时醒悟吗？再看如今社会越来越多的单亲家庭，独木难支的困窘，是不是也该从大熊猫生存路上艰难的步履里，吸取某种教训？

在动物面前，人类常常犯自高自大的错误。人类有一种根深蒂固的偏见，总认为自己是高等生灵、动物都是低等生灵，自己是天地间主宰、动物是任人摆布的畜生。不错，人类是地球进化最快的一种动物，学会直立行走，使用语言文字，用勤劳的双手和智慧的头脑创造出无与伦比的现代文明。然而，人是由动物进化来的，地球存在生命已有数亿年历史，人类的历史不过几千年，人类这种动物在进化成人类以前曾经过漫长的动物阶段，动物的本能、动物的本性在人类身上根深蒂固，不可能在几千年短暂的进化过程中就把数亿年养成的动物性荡涤干净。科学家证实，文化属性与生物属性是构成人的行为的两大要素。人的一部分行为受制于社会大文化，传统势力、伦理道德、风俗习惯、政治说教、宗教戒条、法律法规、民情民风、乡规民约，不断修正和规范你的所作所为，迫使你去做这件事而不去做那件事，这就是行为的文化动因。人的另一部分行为受制于生物本能，贪婪好色、权欲熏心、天性好斗、自私自利、妄自尊大、好逸恶劳、贪图口福、嫉妒心理，又时时产生难以抑制的冲动，驱使你去做那件事而不去做这件事，这就是行为的生物动因。假如某人的行为，既带有合理的生物本能，又符合社会大文化的要求，就是一个真实自然的好人；假如某人的行为，完全抑制生物本能去迎合社会大文化的苛刻要求，存天理灭人欲，就是一个虚伪矫情的假人；假如某人的行为，放纵生物本能，弃社会大文化于不顾，就是一个凶残狠毒的坏人。有一句话说，人类一半是天使一半是魔鬼，讲的就是这个道理。

动物行为学剖析发生在动物身上有利于生存的合理的善的行为准则，学习借鉴，让人类变得更像天使；揭示发生在动物身上不利于生存的荒谬的恶的行为准则，去铭记教训，让人类更自觉地远离魔鬼。

曾有某药物研究所做过这么一个令人发指——不——是令动物发指的实验，为了证实某种戒毒药物是否有效，人们给一只红面猴注射毒品（实验本身就证明了人类对待动物是何等霸道、残忍和阴险，人类自己心灵扭曲得还不够，自己被海洛因毒害得还不够，还要把罪恶强加在无辜的动物身上）。两三次后，可怜的红面猴就成了吸毒者，一见到穿白大褂的管理员，立刻就会从铁笼子里伸出手臂，哀哀叫啸，恳求人们替它往静脉血管打针。倘若不满足它的要求，它会用自己的脑袋撞铁笼子，撞得头破血流也在所不惜；假如还不能达到目的，就咬自己的爪子和身体，把自己咬得满身血污。一旦人们掏出注射器，它会跪伏在地下，猴嘴从铁杆间伸出来，谄媚地亲吻管理员的裤腿和鞋。过去它在动物园生活时曾被热水瓶烫过一下，由于条件反射作用；平时最害怕看见热水瓶了，远远看见有人提着热水瓶走过来便会吓得躲起来。有一次它毒瘾发作，手臂从笼子里伸出来，工作人员提着热水瓶来吓唬它，它竟然无动于衷，将开水淋在它的手臂上，它也不肯把手臂缩回去。这是只雄红面猴，被买来做实验品前，曾与一只雌红面猴相好，据动物园饲养员介绍，这对红面猴青梅竹马、卿卿我我，感情很甜蜜。把那只雌红面猴牵了来，关进同一只铁笼子，希望能由此减弱雄红面猴对毒品的过分依赖。它们分开时间也不过二十来天，天涯苦相思，意外又重逢，正所谓"小别胜新婚"，那雌红面猴一见到雄红面猴激动得浑身颤抖，恨不得立刻与之紧紧相拥在一起，但雄红面猴却面无表情，冷冷地瞥了对方一眼，就像看到一只陌生猴一样没有任何反应。过了一会儿，雄红面猴毒瘾上来了，哈欠连天，鼻涕口水滴滴答答，抓住铁栏杆使劲摇晃，发出呦呦哀叫声。管理员从甬道走过来了，雄红面猴迫不及待地将手臂从铁笼子里伸出去。雌红面猴出于好奇，也趴在笼壁上看热闹。雄红面猴大概以为雌红面猴要同自己争抢毒品，勃然大怒，揪住雌红面猴穷凶极恶地大打出手，比打冤家下手还狠，啃下一口口猴毛，抓出一道道血痕，要不是管理员闻讯赶来打开铁门救出遍体鳞伤的雌红面猴，后果不堪设想。雄红面猴被人类强行注射毒品后的行为表现，与人类社会瘾君子如出一辙，丝毫没有区别，同样丧失理智、丧失人格、丧失自尊、感情冷漠、道德沦丧，成为一具还在呼吸的行尸走肉。

实验的结局颇出人意料又耐人寻味，戒毒药物也不起什么作用，由于过量注射海洛因，雄红面猴奄奄一息了，整整两天不吃不喝，有气无力地躺在地上，眼皮耷拉，连叫都叫不出声了，只有那条布满针眼的手臂还顽强地伸出铁笼子，手掌朝上、瑟瑟抖抖做乞讨状。药物研究所决定给它注射最后一针大剂量毒品，减少它临终前的痛苦，让它在虚幻的快感中结束生命，也算是人类的一种仁慈。同时也决定，将那只雌红面猴牵来继续做相同实验。

拿着注射器的管理员和那只雌红面猴几乎同时来到铁笼子旁。雄红面猴混浊的眼光落在雌红面猴身上，就像快要燃尽熄灭的炭火被风一吹又短暂地烧旺，那双垂死的眼睛骤然发出一道骇人的光芒。就在管理员针头快要刺进红面猴静脉血管的一瞬间，雄红面猴奇迹般地"复活"了，伸出铁笼子的前爪突然抓住管理员的手腕，拖进铁笼子去，张开嘴一口咬住管理员的手掌。管理员撕心裂肺地惨叫起来，那只灌满毒品的注射器掉在地上，跌得粉碎。人们赶紧来帮管理员，七手八脚强行将猴嘴撬开，雄红面猴早已气绝身亡，只有那双猴眼还瞪得溜圆，一副满腔怨恨死不瞑目的可怕模样。雄红面猴在生命的最后一刻，幡然醒悟，天良发现，为了抗议人类的暴行，也为了不让自己所爱的雌红面猴步自己的后尘，做出了一只垂死猴子所能做出的反抗行为。较之人类社会那些执迷不悟、心甘情愿在毒品泥潭里越陷越深的瘾君子和那些为了自己发财致富、不惜将千家万户推入"火坑"的毒贩子来，雄红面猴似乎更配"人"这个高贵的称呼。

人和动物之间并不存在不可逾越的鸿沟，人和动物之间的差别并没有我们想象的那么大，在某些领域，人和动物的差距是微乎其微的，仅仅隔着一根头发丝的距离，稍有不慎，人就有可能变得像动物，甚至变得比动物还不如。

只要用心去观察，不难发现在情感世界，在生死抉择关头，许多动物所表现出来的忠贞和勇敢，常常令我们人类都汗颜，让我们自愧弗如。

这就是动物小说的灵魂，这就是动物小说能超越时间和空间，为世界各地不同民族、不同肤色的一代又一代读者所喜爱的原因。

是为序。

目 录

母 兔

梁 泊

它是那样坚决，那样固执，毫不动摇。

母兔趴伏在马兰草丛中，一只大耳朵抿在背后，朝着天空；另一只大耳朵却竖立着，微微摆动，谛听着山野里的各种信息，无论是来自天空的，还是来自树林灌丛的，它都能立刻作出反应。

风是它的朋友，只要有风，哪怕是极其轻微的，小得连树叶儿也刮不动，母兔还是能利用它，使它为自己服务。风传来声响和气味，耳朵听得到，鼻子嗅得到，外加它头两侧那对像大杏核似的眼睛，就能立刻发现目标，判断距离，采取对策。

这是一道山岭的支脉，它好像大山伸出来的一只须角，盘踞在草原的边缘上。山上有树，坡的低层是乱蓬蓬的灌木丛，稍上一点儿，布满了丫丫杈杈的杂树。山脚下，连接草原的地方，丛生着一片红柳。枝条一簇簇的，红得发亮，树叶儿拥挤在一起，再加上许多攀缘植物，左盘右绕，把柳树丛包裹得像一个神秘的迷宫。

母兔最喜欢这样的地理环境了。它是挑了又挑，选了又选，才最终下定决心，准备在这儿繁殖后代的。

这个地方虽好，但也有天敌存在。天空中有老鹰，树丛里也藏着狼和狐狸；就是走在草地里，也要特别留心，因为有蛇盘成一团或者缠绕在野蒿上，这些家伙都威胁着它的安全；更危险的，是人和猎狗，好多人常常围成一个大圆圈，大圆圈不断地缩小，然后把狗放出来，"汪汪"地叫，等兔子们跑出来，猎人们就端着猎枪"咚咚"地射击，十有八九，兔子们是很难逃脱的。

母兔趴伏着，两眼盯着坡下的红柳丛。

突然，有一只狐狸懒洋洋地从树林中走出来，它走走停停，转动着两只尖耳朵。狐狸饿了，需要找点吃的东西。

"咕咕——"荒草丛中传出几声雉鸡觅食的叫声。

狐狸发现了目标，一路小跑着直奔荒草丛而去。可惜，雉鸡受了惊动，"扑棱棱"一阵响，它们扇动着闪烁斑斓色泽的翅膀朝红柳丛飞来。

有一只长尾巴雉鸡起步慢了，它擦着草尖儿"咕咕"乱叫着飞了一段距离。狐狸蹦跳着追赶，尖嘴巴只差一丁点儿就挨近雉鸡的肚皮了。

雉鸡飞，狐狸追，奔跑的方向正好朝着母兔藏身的马兰草丛。这可不是个好事情！母兔感到危机来临了，它猛地一跃，以极快的速度在狐狸的鼻子底下横穿过去。

狐狸愣了一下，就趁这工夫，雉鸡一鼓作气，飞到雉鸡群中去了。狐狸把怒气全转到母兔身上，它迈开四肢追了下去。

光靠奔跑，母兔是很难胜过狐狸的，但它却有自己的打算。早在选中这块地方时，母兔就观察好了地形地貌，并且深深地记录在脑海中。就在前边的山坡上，有两棵老树，它们纵向排在一条线上。前边的那棵，在贴近地面处有个透亮的树洞；后边的那棵，硬邦邦地挺立着，一点儿也没朽烂。

母兔急跑一阵后，突然停下身来，回头看了一眼疾驰而来的狐狸，它嘴边的胡须动了动，就一头钻入树洞中，迅速在第二棵树下转了个弯儿，藏匿到一片开着白花的暴马子①树林中去了。狐狸追得很急，像箭一样射入树洞，它还没明白发生了什么事，就"砰"的一声撞了脑壳，立刻眼前一黑，瘫在树洞里了。

母兔蹲坐在暴马子林中的野草里，竖起大耳朵，用前爪拂弄着嘴巴，静静地待了一会儿。它见狐狸没有动静，就穿林而过，绕了个大圈子，钻进迷宫一样的红柳丛中了。

早晨，一片阳光灿烂，整片山野都镀上了一层淡黄色。绶带鸟儿、兰大胆儿、长尾巴汤勺儿……在红柳丛中跳着、蹦着，尽情地欢唱。

母兔从一片野玫瑰丛中钻出来，趴在山坡上吃草，还专挑那些嫩绿的草尖儿吃。它也许是大意了，本该回马兰草丛中去了，可它无意中发现了几棵野莴苣，那可是可口的食物，又嫩又脆，甜而多汁。在这座山里，它还是初次见到这种美味。

"咔哧，咔哧"，母兔吃了一棵，接着又"咔哧，咔

①暴马子：暴马丁香落叶乔木。树皮、茎枝可以入中药，名"暴马子"。

唦"吃了第二棵。它正在盘算着吃不吃第三棵时，从天空中飞来一只翅膀上有白斑的鹰。

开始时，鹰在草原上盘旋，两翼平伸，忽上忽下、高高低低地绕圈子，它大概没有发现什么可以捕猎的食物，就开始沿着山坡拔高，观察着树林。

咦，一只山兔！

鹰开始降低高度，并且改变了顺风盘旋的方式，开始迎风而行了。它深知兔子的习性，有顺风耳，可以听得很远，也可以听见极细微的响声，并且十分机警，听到一点儿风吹草动，拔腿就跑，奔跑的速度快极了，鹰有时候也望尘莫及。

鹰准备好了，像钩子似的嘴喙微张着，两双毛茸茸的粗腿下的利爪乍撒开，颀长的翅膀开始收拢，它就要俯冲了。

母兔突然停住了嘴巴，它看见一个黑影儿从野莴苣上掠过。不好！它迅速跳转了一个方向，双耳转动起来，立刻收到了鹰从空中滑过时发出的声响。它发现，从天空上袭来的敌人已经临近了。

弱者在强者面前的唯一办法就是逃跑，可母兔跑不掉了。鹰侧着身子，瞪着眼珠子，像疾风一样冲下来，顺势用翅膀一扇，正抽在母兔的脊背上。母兔被抽得侧身翻了几个滚，它忍住剧烈的疼痛，"腾"一下站起来，两只前爪像捣蒜似的轮番扑打起来。

此时，鹰第二次扑下来，母兔立刻击中目标，尖利的爪子挠在鹰的胸脯上。顿时，几根灰色的绒羽被掀下来，飘飘扬扬飞上半空。

"啾——啾——"鹰吓了一跳，匆忙中把身子提起来。

母兔抓住这难得的机会，奔跑起来，它要越过一片开阔地，奔向近处的树林。鹰识破了它的企图，迎着它的面，擦着草梢儿冲过来。这可不是个好兆头，一旦被鹰贴着脊背掠过，就会被鹰爪抓穿两肋，那样可就没命了。

母兔猛然刹住脚步，向左侧一跳，鹰就在右斜上方滑了过去。母兔用双眼测量一下同树林间的距离，接着，它四脚腾空，直弹了出去，射向皂角树林。

母兔清楚，只要进了皂角树林，所有的麻烦就都解除了。

"啾——啾——"鹰在半空划了一道弧线，然后迅速追上奔跑的母兔。它挥动双翼，罩在母兔的头上，不再急于进攻了。

母兔双耳贴在背上，耳轮朝上，薄薄的透明的耳轮里暴起几束红色的血管，它正在竭力捕捉着鹰的声响。母兔开始动心眼儿，寻找可以利用的机会，奔向皂角林。

"啾——啾——"鹰可不想给母兔什么机会，它又开始了进攻。只见它整个身子朝下压，双爪对准了母兔的脊背。

母兔只好就地翻身，四脚朝天地仰卧着，它用前爪护住胸脯，两只后腿蜷曲起来。鹰临近了，爪尖如同锋利的钢针。母兔不慌不忙，看得十分准确，它挥动前爪使劲地抓挠，而后腿则出其不意地蹬起来，"嘭、嘭"，踹中鹰的腹部。

这是兔子家族的一个绝招儿——"兔子蹬鹰"，在关键时刻，果然奏效了。鹰惊叫一声，拔身而起，发出一阵悲啼。母兔又制造出一个机会，它不失时机地跳起来，只蹦了三次，就钻进布满毛毛扎扎尖刺的皂角林里去了。

经过一番斗智斗勇，母兔胜利了，它蹲卧着，观望着鹰。

鹰愤怒了，扑扇着翅膀朝母兔冲来。糟糕！皂角的尖刺挂住了它的羽毛和皮肉，"哗啦啦——哗啦啦——"鹰挣扎了半天，留下几根羽毛、几滴鲜血，无可奈何地飞去了。

一连几天过去了，母兔每天经历着惊险的搏斗，它都以顽强的毅力、超群的智慧，战胜了对手。它是个弱者，弱者在生存竞争中所付出的代价是更大的。

它依然守护在马兰草丛里边。马兰花开了，一片淡蓝色，招引来蜜蜂和粉蝶，它们在花丛中翩翩起舞。

天气暖和起来了，草丛里、树荫下，开始出现了新的生命。小野鼠出窝活动了，它们东跑西蹿，"吱吱"叫着；母雉鸡领着毛茸茸的鸡雏，昂首挺胸，神气十足地走着，它们在草丛中觅食，"叽叽咕咕"地叫着。

母兔瘦弱了，憔悴了，身上的毛也失去了光泽，它依然固执地守护在马兰草丛里。

有一天，发生了一件大事情。

天刚蒙蒙亮，从草地里传来了猎狗"汪汪"的吠叫声。紧接着，在猎狗后边出现了人群，他们排成圆弧形，手中端着猎枪，朝着山脚走来，越走越近。

有几只藏在草丛中的野兔、狐狸和狸子被猎狗轰出来，在草地里狂奔。猎人更狡猾，他们早就布好了阵，山上有人堵截，山下有人轰赶，使野兽们陷入一片混乱之中。

"砰——砰——"猎枪在宁静的早晨响了起来，空气中弥漫着火药味。

奔跑的野兽被击中了，它们从平地跳起来，在半空中蹬着腿儿，接着就倒在地上了。

母兔屏住呼吸，蹲在乱糟糟的灌木丛里，频繁地转动耳朵，保持着起跑的姿势，随时准备冲出去。它懂得，进草地不行，因为草地没有遮蔽物，进去就等于是自投罗网。

只能往山上跑。树林中有被风吹倒的枯树，枯树重叠着，出现很多隙缝，可以给兔子提供藏身的地方。现在不行，母兔看得清清楚楚，枯树堆后边就藏着一个猎人。

母兔想跑进树林去，但它不敢动，因为离枯树堆太近了，只有十几米，它只要一动，猎人就会立刻作出反应，子弹的速度比兔子的速度要快上百倍。

母兔沉住气，等待机会。

不久，机会终于来了。一只惊慌失措的野兔被猎狗轰出来，从山脚越过沟壑，跑上山坡，一直朝枯树堆冲来。

"砰——"木堆后边升起一股青烟。

野兔往前一栽，跌在草丛中挣扎着。枯树堆后边的猎人就急步跑出来，捡起受重伤的野兔，往地上摔了一下，然后塞在猎囊里。母兔就在这时候，"嗖"的一声跳出去，奋力跑了几步，拐了个钝角，消失在树林中了。

树林中有一棵老橡树，根子被蛀虫咬断了，树冠偏斜，架在另外一棵水曲柳的杈子上。水曲柳枝多叶多，密密麻麻的。母兔跑到那里就跳上倾斜的橡树干，一蹦一蹦往上爬，一转眼工夫，已经趴伏在树杈那儿了。

谁会想到，兔子会上树呢？

猎人们吆喝着，收拢起包围圈，并且在老橡树下说说笑笑地清点猎物，竟然谁也没有往树上看。他们歇了一会儿，就转移到别处去了。

母兔又回到马兰草丛中，望着山下的红柳，那儿有它的三个兔崽儿。三个兔崽儿在三个地方，这是野兔家族保护自己后代的传统方式，如果有一只兔崽儿被天敌杀害了，它还会剩下两只；如果有两只兔崽儿不幸夭折了，还能剩下一只。

一只也不算少，只要它长大了，一年就能繁殖四窝，每窝里再剩下一只，一年中就会有四只活下来。四只兔子中只要有两只是雌性，第二年又开始繁殖，加上它们的母亲，就可以产十二窝。这样下去，兔子的家族是会永续不断的。

风沿着山坡刮着，母兔静静地蹲着，它频频摆动着耳朵，倾听着山野里的动静。除了风声和草梢摆动的声响外，没有别的声响。母兔的奶涨了，应该去给兔崽儿喂奶了。

一整天，没有接到兔崽儿拍地传来的信号，它们都很乖，老老实实地待在草窝里。对于这一点，母兔是十分放心的。

母兔从马兰草丛中跳出来，走几步观望一次，一溜烟儿冲向山脚下的红柳丛中了。它不急于寻找隐藏着兔崽儿的地方，它先围着树丛小跑一段路，然后才"哧溜"一声，钻进扑朔迷离的乱草中去了。

乱草里，有几粒留下来的干粪球，那是母兔生小兔崽儿时屙的，粪球上有它自己的气味。它停住脚步，抽动鼻子嗅了嗅，然后，以后掌拍地，发出"砰砰"的响声。

小兔崽儿也以同样的方式回答。

母兔钻进草窝趴伏下来，一只毛茸茸的小兔崽儿凑近它，张开三瓣子嘴，轻轻地叼住它的乳头吸吮起来。

就是喂奶的时候，母兔也没有失去警惕，它的两只耳朵轮番地上下左右摆动，捕捉着四周的声响。

"咝——咝——"什么响声传来。

母兔站起来，把挂在肚皮底下的兔崽儿抖落掉。它轻轻探出头来，只见不远处有一条蛇，正昂着头，瞪着一双贼溜溜的眼睛，紧盯着这里。正面交锋，是斗不过蛇的。母兔一下子变瘸了，它三条腿儿蹦着，蹦几步回头看看，蛇果然中计，左曲右拐地追来了。

母兔就那样歪歪斜斜地蹦着，一直来到红柳丛外边的水塘边，那儿有很多青蛙在里面跳着。母兔一下子又恢复了常态，一溜烟儿跑了。现在，它必须到第二只兔崽儿的窝窠里去了。

那儿的窝边，也有干粪球作为标记。

母兔从第三只兔崽儿的窝中出来时，天色已经变黑了，几颗亮闪闪的星星跳了出来。这时候走路，就更要小心了，猫头鹰出来了，狐狸也出来了。

母兔沿着红柳丛走，不管谁来攻击，红柳丛就是它的保护伞。走着走着，灌木丛中传出几声尖叫和"砰砰"拍地的声音，不知那是谁家的兔崽儿呼唤妈妈了。

母兔站住了，它那颗做母亲的心软化了。它知道，那只兔妈妈一定在猎人和狗的围捕中不幸丧生了。善良的本性，同类的友爱，促使母兔钻进灌木丛，在陌生的兔崽儿身边趴伏下来……

夜色更浓了，晚风吹着。

母兔轻轻站起来，朝马兰草丛走去。

只有在那儿，它才能全面观察到自己的三只小兔崽儿窝里的动静。

陶陶和它的伙伴

〔加〕班福特

加拿大安大略省的西北部，到处是深山老林、湖泊和溪流。这里人烟稀少，一片荒凉，野兽自由出没。

　　作家约翰·朗黎奇却特别喜欢这块地方。他在离小镇不远的地方有一间旧的石屋，每逢动笔写作，他必定到这里来。

　　他至今仍是单身汉，多年来，一对中年夫妇替他料理家务。可是，近来他的家里多了三个伙伴：一只叫陶陶的米黄色的暹罗猫、一只叫博哲的白色英国老猎狗和一只叫卢阿斯的猎禽大黄狗。

　　它们是八个月前朗黎奇的亲密朋友詹姆·汉特送给他的。詹姆·汉特在四百公里外的一所大学当英语教授，他有个十一岁的儿子彼得，还有个九岁的女儿伊丽莎白。因为英国的一所大学邀请他去讲学，需要九个月时间，于是他们决定把这几只爱畜留给朗黎奇。临别时真是难分难舍。因为伊丽莎白认定自己是陶陶的主人，她喂它，给它梳洗，带它出去散步，让它睡在床脚下。彼得呢，从一周岁起就与博哲朝夕相处，形影不离。卢阿斯则是汉特打猎时的好助手。

　　开头一些日子，朗黎奇明显地感到了三只动物对旧主人的怀念。但不久，它们渐渐适应了新的环境，变得活跃起来，并对新主人表现出极大的热情。它们给这位新主人带来的欢乐，远远超出了他的预想。

不过，现在问题又来了，朗黎奇由于有事必须单独外出几个星期，他只能在电话中把陶陶、博哲和卢阿斯委托给常替他料理家务的奥克斯太太来照料。

但是，当朗黎奇的汽车走了约二十分钟后，没等奥克斯太太来安排，在黄狗卢阿斯的带动下，三只动物也踏上了通往西北的荒凉的乡间小路。它们决定回老家去，回到它们那可爱的旧主人家去。

头一天，陶陶和它的伙伴沿着小道旁边有草的地上行走，相互之间始终保持着一定的距离。黄狗总是走在老白狗的左边，因为老白狗的左眼几乎看不见东西，而且身体衰弱，步伐摇摇晃晃，活像个晕船的人。那猫儿呢，和它们相距十米远。它总是走走停停，一会儿走到岩石上抹洗着脸，一会儿跳到阳光下玩弄着一片落叶。不过，它跑起来很快、很稳，跑动时，纤长的躯体和尾巴总是贴着地面。

夜幕降临了，它们一起躺在一个落满树叶的树坑中。附近的山冈上不时传来豺狼的吼叫声，声音十分凄凉。有一次，一个可怕的、像是小孩的哭叫声把老白狗吵醒了。它爬起来一看，原来是一头箭猪正从一棵树上爬下来，然后摇摇晃晃走开了。整个夜晚，老白狗和黄狗都感到有一些看不见、听不见的东西在骚扰着它们，使它们睡不安稳。只有陶陶悄悄地走进月光笼罩着的静寂的林中，悄无声息地穿来走去，因为它是一个夜间的狩猎者。

第二天，两只狗都饿极了。老白狗走到小河边，一会儿把鼻子伸进干草堆，一会儿又伸进鼹鼠窝，但始终一无所获。卢阿斯的祖先世世代代都没有吃生动物的习惯，因此，它只在小溪中喝了几口水，就催着同伴上路。只有陶陶好些，因为它捕到了美味的小鸟和小松鼠，"嘎吱嘎吱"地吃了个饱。

午后，老白狗一拐一拐地向前走着，它昏昏沉沉，摇摇欲坠。陶陶显然已看出它难以支撑了，便紧靠着它行走，还不时发出同情的叫声。

但不久，老白狗终于倒下了。卢阿斯不断地吠着，又用鼻子去推，陶陶也在一旁轻轻地叫着。老白狗仍毫无动静，它已经昏过去了。

卢阿斯和陶陶停了下来，坐在老白狗的身旁，显得非常烦躁不安。后来，它们都转身离开了老白狗，蹿进树林，想为老白狗寻找一点儿吃的。

阳光把树影投在荒芜的小道上，风吹动着地上的落叶，发出"沙沙"的响声。突然，传来了一阵树枝断裂的声音，原来一只小狗熊跑到了小道上。它身后的丛林里，传来大母狗熊响亮的鼻息声。

小狗熊刚看到老白狗时，它那毛茸茸的圆耳朵竖了起来，尖脸上凹进去的眼睛疑惑地闪动着。它站着犹豫了一阵，然后向着老白狗走去。它用鼻子闻了一阵，然后伸出一只黑爪，拍打了一下老白狗的头。

老白狗从昏迷中醒过来了，它睁开双眼，立即意识到自己所遇到的危险。小狗熊警觉地往回一跳，与老白狗拉开了一段距离，见老白狗没有一点动静，便又转了回来，用爪子再去拍一下。这次它拍得重了一点，老白狗痛苦地、恶狠狠地轻声吠着，挣扎着想站起来。但血的气味进一步刺激了小狗熊，它骑在老白狗的身上，就像小孩玩一件新玩具一样，玩弄着它那白色的尾巴，并啃着尾巴的末端。老白狗实在筋疲力尽了，它既没感到疼痛，也不觉得有失尊严。

　　就在这时，陶陶拖着一只大鹧鸪从小道的拐弯处走过来。它看到眼前的一切，赶忙放下鹧鸪。霎时间，它那双蓝眼睛睁得大大的，在黑色的面孔上闪着寒光；它那米黄色的身上，每一根毛都竖了起来，使它看起来比原来的身体大两倍；左右摇摆的棕色尾巴，这时也翘了起来。它把身体伏在地上，紧张地做好准备。它发出一声震耳欲聋的叫声，把小狗熊吓得转过头去。于是，它便乘机跳了上去，骑在小狗熊的脖子上，用两只前爪猛抓小狗熊的眼睛。它又喊又叫，气势汹汹。小狗熊的双眼被血蒙住了，它又痛又怕，大叫起来。它用前腿猛推，想把背上那只看不见的魔鬼甩下来，但陶陶用猴子般灵活的后腿紧紧钳住了小狗熊的身子。

　　一声巨吼，高大的母狗熊从丛林中蹿了出来，它用一只前掌猛击小狗熊背上的陶陶。但陶陶的动作比它敏捷得多，它狂吠了一声，蹦到地上，躲到一棵树后。不幸的小狗熊，头部受了重伤，昏头昏脑地钻进丛林里去了。

　　母狗熊气昏了，它暴跳如雷，想找个目标进行报复。

它发现了躺在地上的老白狗，便立即吼叫着向它扑去。说时迟，那时快，陶陶一下跳到路边，把母狗熊的注意力吸引住。母狗熊停了一下，忽地立起来扑向陶陶。它双眼喷着怒火，脖子伸得直直的，脑袋像蛇头般左右摆动着。陶陶又发出一声尖叫，它绷直腿，一边从斜刺里向前跑去，一边用那双愤怒的眼睛逼视着高大的对手。

母狗熊的眼神中流露出了犹豫和恐惧。它弄不清这只小动物到底搞什么鬼名堂，而这时小狗熊的哭叫声又使它心乱如麻。

正在这时，丛林里又传来一阵声响，卢阿斯也从丛林里跑了出来。它和陶陶站在一起，龇牙咧嘴地狂嘶怒叫。母狗熊一看这阵势，立即弯下身子，掉头向小狗熊那边逃走了。

陶陶身上直起来的毛平顺了下来，眼神也像往日一样冷静、平和。它看了一眼肩上有四个伤口的老白狗，就转身向它刚抓到的鹧鸪走去。

卢阿斯用鼻子闻遍了博哲的身躯。它用舌头给老伙伴止血，然后在它的脑瓜旁吠了一下，但不见动静，卢阿斯喘着气，流露出不安的神色。

陶陶拖过来一只大鹧鸪，放在失去知觉的老白狗鼻子旁边，然后小心地把鸟肉撕开。诱人的生肉味，刺激着老白狗的嗅觉，它睁开了一只眼，眼馋地吸了一口气。随后，那条沾满污泥的、被咬伤了的尾巴动了一下。接着，它耸起肩膀，直起前肢，摇摇晃晃地站了起来。当它把鼻子凑近那堆热乎乎的带毛的东西时，它的精神来了。它用钝牙贪婪地咀嚼着鸟的骨头，一种神奇的力量又回到了它的身上。它打了一会儿瞌睡，嘴巴旁还挂着一根羽毛。一会儿醒来，它又把最后一口食物吞了下去。

　　老白狗受伤以后，卢阿斯和陶陶与它一起在原地停留了三天。这三天里，老白狗静静地躺在草地上睡觉，有时吃猫儿抓来的猎物。卢阿斯每天把大部分时间都花在寻找食物上，饥饿已成了它的主要威胁。它开始饥不择食地吃起鹿粪来，然而一阵恶心，使它马上又呕了出来。后来，它在水坑喝水时，好不容易捕到了两只青蛙，才勉强填了填肚子。傍晚，它又抓到了一只刚换毛的兔子，像饿狼一样，撕开温热的骨肉，拼命地吞咽下去，这才算解决了问题。多年的训练，使它不愿吃带毛的动物，但此时此境，它已不得不改变这种习性了。

　　三天以后，老白狗差不多已完全康复，它们又开始上路了。

　　一个晚上，风吹送来的饭香将它们引到了一处印第安人的营地。一群印第安人正围着篝火取暖，铁锅里装着香喷喷的食物。

　　老白狗小心翼翼地从黑暗中走到亮处。它讨人喜欢地摇着尾巴，耳朵向后搭拢，嘴巴咧开，做出一副丑相。它的友好表现立即使它成了人们注意的焦点。一个男子向它扔来一块肉，它吃完了坐下来，一只爪子举向空中，想再要一块。这个动作使得这些印第安人捧腹大笑。它一次又一次地重复这个动作，直到累了，才喘着气躺下。

一个印第安人用手亲切地抚摩着它作为回应，然后用勺子舀一些肉倒在草地上。老白狗一拐一拐地走过来，在动口之前，它抬头望了望山脚边，在那黑暗中还有它的两个饥饿的伙伴。

陶陶从黑暗中走了出来，它一声尖叫，从老白狗口里夺走一块肉。这又使那些印第安人笑得说不出话来。两个小孩高兴极了，奔来跑去，在草地上打滚，老白狗也参加了他们的玩耍。它翻滚得太厉害，以致伤口又裂开了，到停下来时，白色的绒毛又沾满了血污。

一位个子矮小、有点驼背的老太婆用诚恳热情的声调对大家讲了几句，然后蹒跚地走过去，查看老白狗肩上的伤口。接着，她把一些香蒲根放进锅里煮，把一些地衣泡在煮香蒲根的水里，然后取出来，敷在老白狗的伤口上。忙完了，又舀一些肉放在一块桦树皮上，端到老白狗的跟前。看到这情景，蹲在山脚下的黄狗卢阿斯舔了舔嘴唇，坐了起来，但它并没有跑过去。

夜深了，印第安人各自打开铺盖，准备睡觉。黄狗卢阿斯看到两个伙伴还在那里不动，便绕到印第安人营地后面的山坡上，迎风吠了几声。

吠声像警钟一样引起了陶陶和博哲的注意，它们依依不舍地离开了温暖的篝火。印第安人默默地看着这一切，谁也没去制止它们。只有那位老妇人，悄声地用印第安语向这两位旅行者道别。

对于印第安人来说，这是个神圣的夜晚。因为那老妇人一看那老白狗的毛色和它带的伙伴，就认为它是印第安人的白狗神，神灵把它派到人间，是为了测试一下人们对它的态度。这次它受到了欢迎和款待，上帝一定会把幸福赐给印第安人。

以后的几天里，陶陶和它的伙伴总是白天赶路，晚上睡在那些连根拔起的树坑里。行走的速度主要是根据老白狗博哲的体力来决定。

博哲一天天健壮了起来，它的伤口已经愈合，皮毛光滑，看上去比出发时还好得多。它常常挨饿，但陶陶不断给它找些吃的来。

陶陶的身体一直很好，它好像非常喜欢这个旅程，一直心情愉快。情况最糟的是卢阿斯，它根本不会狩猎，常常费尽九牛二虎之力，也只能捕到一点点猎物。它主要吃青蛙、老鼠，偶尔吃两个伙伴遗留下来的食物。有时它把一些小动物吓跑，然后吃它们捕获的猎物。

冬天快到了，天鹅在蓝天上排成人字形，从它们的头顶高兴地向南飞去。兔子和黄鼠狼已经换上了白毛，一些雪鸦已相继出来活动。

看到别的动物都在为过冬而奔忙，这三个冒险家在老白狗体力能支撑的情况下，也尽量加快速度。天气好的时候，它们一天要走三十多公里。

一路上，它们很少遇到人。有天晚上，它们在丛林深处发现了一个伐木工人的营地。它们在一间黑洞洞的厨房外面，嗅到了罐头味和狗熊不久前来过这儿留下的熊臭味。老白狗走了过去，企图用鼻子弄开罐头盖子，罐头"嘭"的一声碰在一块石头上，结果引来了一排子弹。要不是它们很快逃进了丛林深处，就很难预料会出什么事情。

又有一天，它们遇到一位个子矮小、有点驼背的老人。老人十分慈祥，见了老白狗，微笑着把帽子脱下，露出一头白发，然后又引它们到自己居住的小木屋，拿出焖肉招待它们。它们看着诱人的肉食，尽管馋涎欲滴，还是警惕地一点没动，最后在老人的欢送下走了。

不久，它们走到一条河边，河有三十米宽。它们沿河走了五六公里，没有看到一座桥。

黄狗卢阿斯熟习水性，它跳进河里，快速游到对岸，大声猎吠，鼓励两个伙伴游过来。老白狗和陶陶都十分害怕水，它们忧伤地哀叫起来。黄狗听到了，又游了回来，在岸边浅水处走来走去，鼓励老白狗下水前进。它往返游了三次，老白狗才在它的一再鼓励下游了起来。老白狗一边战战兢兢地游着，一边把头高高地伸出水面，黑色的小眼睛惊慌地转动着。但它毕竟是只英勇的猎狗，终于顽强地游到了对岸。一到岸上，它乐得直转圈，又在草丛中猛跑，把身上的水揩干，然后和黄狗坐在一起，大声吠叫，鼓舞陶陶也游过来。

陶陶自从踏上征途以来第一次表现出了恐慌。它在岸上走来走去，拼命嘶叫。黄狗一再游来游去，想尽办法引诱陶陶下水。陶陶下决心了，闭上眼纵身往河里一跳，然后在黄狗的陪同下向对岸顽强地游去。但就在这时，悲剧发生了。

许多年前，一群河狸在河的上游处筑了一条松垮的河堤，在河上围出一个河湾。后来河狸走了，堤坝慢慢崩溃，困在河湾里的水猛然夹带着各种东西冲入河流，河里顿时掀起迅猛的浪涛。黄狗在浪峰扑来的几秒钟之前就看到了，它赶快游到陶陶上游的一个地方，企图用身子保护它。但说时迟那时快，巨大的浪头扑盖过来，一根浮木正好砸在陶陶的头上。陶陶顿时昏了过去，被汹涌翻滚的浪涛冲走了。

事情发生以后，老白狗在岸上焦急地狂叫。黄狗沿着河岸猛跑，设法营救陶陶。有一次，一段半露水面的旧堤上搁着一根树枝，把陶陶拦住了。但当黄狗跳进河里快要游到时，陶陶又被冲走了。

快天黑时，黄狗才回到老白狗那儿。它们都又冷又饿，筋疲力尽，忧心忡忡。半夜里，老白狗对着深沉的夜空凄惨地吠叫，黄狗提心吊胆地带它离开了河边。破晓之前，它们又翻山越岭，向西进发了。

陶陶很幸运，就在黄狗卢阿斯和老白狗博哲离开河岸的这一天，它被一家在河边看守森林的芬兰人救了。

这天下午，芬兰人雷诺·纳米夫妇唯一的十岁小女儿海尔维一个人在河边玩，发现了被激流冲到河边石头上的陶陶。她不认识这是什么动物，只是看到那湿漉漉的身子，就把它拖上了岸，然后回家去叫妈妈。

纳米先生和纳米太太一起去看那怪动物。他们在海尔维恳求的目光下，用干麻袋将陶陶抱回家去，放在炉子旁边一块洒满阳光的地上，然后用干麻袋使劲地给它擦身子，直到它的毛竖直了，才用干麻袋把它裹起来。

海尔维把一点热牛奶和白兰地灌进陶陶的嘴里。陶陶浑身抽搐了一下，接着又呕又吐，把脏水全呕了出来，才躺下休息。半小时后，它在海尔维怀里睁开了双眼。不一会儿，一双生动的蓝眼睛注视着海尔维。海尔维轻轻地抚摩着它，它的喉咙动了动，接着发出一阵微弱而沙哑的叫声。

又过了半个钟头，陶陶在这位芬兰小姑娘的怀中"咪咪"地叫了起来。这时它已经喝完两杯牛奶，变得神气十足起来。到纳米全家吃晚饭时，它已经吃了一碗肉、一个鱼头、几颗马铃薯和一些汤。最后，它还把双脚踩进盛汤的盆子里，把盆子舔得一干二净。

海尔维的父母同意收留这只猫。这是海尔维有生以来的第一只爱畜。不过，纳米先生早已看出，这猫的举动有点特别。因为，一只渡鸦叫喊着从空中飞过，它头也不转；还有一次，它蹲在马厩里，后面草堆里发出"沙沙"的响声，它也毫无反应。他知道，这只猫是聋的。

连续两个晚上，陶陶都是蜷缩在海尔维的怀里睡觉。白天，海尔维上学去了，它便跟着她的父母到处走。海尔维放学回来，它便到路上去等她。它似乎已经成为他们家的一员了。

但到第四天晚上，陶陶再也按捺不住了。它一会儿摇头，一会儿挠耳，躺在海尔维身后忧伤地叫着。海尔维发觉它已能跟着每一个声响做动作了。真庆幸，它的听力恢复了。

下半夜，海尔维醒来时，发现陶陶正在敞开的窗台上望着灰白色的田野和黑糊糊的树影，打量着从窗台到地面的距离。海尔维想伸手去摸它一下，但它"扑通"一声跳到地上，像宝石一样放光的眼睛对她望了一眼，然后悄悄地朝河边跑去。不一会儿，就消失在夜色中了。

没有陶陶做伴，黄狗卢阿斯和老白狗博哲一路上情绪十分低落，尤其是老白狗，更是闷闷不乐。陶陶到汉特家时还是只小猫。奇怪的是，虽然所有的猫儿都对老白狗十分畏惧，陶陶却一点不怕它，敢于以弱小的身躯向老白狗挑战。从那以后，它们成了好朋友。一起外出时，它们常常联合起来向别的猫和狗进攻，以致邻居的猫和狗见了它们都赶快溜走。再后来，黄狗卢阿斯来了，它们三个便亲密无间，多年来一直难分难舍。

现在，两只狗得自己应付一切了。黄狗除了自己设法找吃的以外，还要催促老白狗去学抓青蛙和田鼠。但老白狗视力太差，抓到的猎物不多。有一次，它们碰上好运，一位渔翁正在宰杀一只箭猪。它们走过去时，胆怯的渔翁吓跑了，留下了死箭猪。那天它俩痛痛快快地吃了一顿又香又嫩的箭猪肉。

但又有一天，它们碰到了麻烦。它们来到一个小农场，田野里放养着一群鸡。黄狗饿得实在耐不住了，便扑过去咬了一口。正当它们一起咬着骨肉时，忽然听到一声怒叫，从田野那边跑出来一个人，一头黑色的牧羊犬咆哮着奔过来扑向它们。

黄狗迅速地摆出一副要打架的样子。但它不善于打架，也没有利牙锐齿。面对大牧羊犬那锋利的牙齿，它只能靠它脖子上那层厚皮去抵挡。

争斗很快就见分晓，黄狗由于饥饿，毫无抵抗能力，一下子就跌了个四脚朝天，那只牧羊犬扑到了它身上。就在这关键时刻，老白狗冲了过来。它像一颗钢弹，一下子就把牧羊犬撞翻在地，并咬住它的咽喉。牧羊犬使尽全身力气，把老白狗推开。但老白狗只是用脚蹬了一下地面，又扑过来咬住牧羊犬，它拼命地摇来摇去，使牧羊犬喘不过气来。牧羊犬垂死挣扎了一番，终于翻过身来。老白狗松开牙齿，翻动着狡猾的眼珠走到一边。鲜血从牧羊犬的喉头流了出来。

看来，老白狗并不想杀死对方，只是想惩罚它一下。因此，老白狗开始绕着牧羊犬兜圈子，圈子越兜越快，就好像在追随自己的尾巴一样。后来，每转一次，就对牧羊犬袭击一次。牧羊犬本来是一只勇猛的狗，但从未遇到过这么猛烈的袭击。它感到全身疼痛，终于抓住一个机会，夹着尾巴逃到主人那儿去了。

那农民摸着牧羊犬受伤出血的脑袋，又看到那堆吃剩下的鸡毛，气得要死。他举起一根棍子向正在逃跑的老白狗掷去，但老白狗毫不在乎，连头都不转一下，就轻易地躲了过去。

这场斗争，老白狗没有受伤。它的精神恢复了，那天晚上它还抓了一只田鼠当晚餐。它把田鼠抛到空中，然后又熟练地接回来，心情显得十分愉快。黄狗却受了不少伤，它的耳朵被咬破了，鲜血直流，前腿也被咬伤了几处，疼得厉害。

更倒霉的是，第二天早晨，黄狗醒来时发现了一只大箭猪。它想起那渔翁无意中提供的那顿箭猪肉，决心再吃一次。于是它向箭猪扑过去，想首先把它打倒，然后再收拾它。但它并不知道箭猪的习性，也不知道那位渔翁在杀死箭猪之前做了多少精心的准备。因此，在黄狗扑过去的当儿，箭猪突然转过身，用尾巴扫了一下，一根锋利的箭毛就扎进了黄狗的脸。黄狗大叫一声，疼痛难忍，它用爪子去摸，却把那地方抓出血来。它用脸去蹭地、蹭大树枝，结果更糟，箭毛越刺越深，疼痛扩展到了整个脸。于是，它最后不得不放弃了弄出箭毛的念头，摇摇脑袋又前进了。

陶陶离开那家芬兰人后，毫不费劲地就找到了它的两个伙伴向西行进的痕迹。它快速行进，只是在下雨的时候才停下来躲一下。多年的经验告诉它，凡是走过的路，都不要留下任何一点痕迹，连吃剩下的捕获物，也要在地上挖坑埋起来，自己拉的屎也要用土掩盖好。它睡得不多，要是睡觉，也只是在常青树的枝叶间睡一个"猫觉"。由于它生性灵活、机警，因此很少被其他动物发觉。

但不知从什么时候起，陶陶似乎感觉到有一个东西在跟着它，而且那是一个可恶的东西。

它加快了速度，沿着一条鹿走过的小路走去。不一会儿，就清楚地听到有一只动物跟在它后面的声音。它赶快爬上一棵桦树，回头一看，它看到了一只大山猫正以同样的速度向它走来。那大山猫有陶陶的两倍大，身体壮健结实，一脸凶气，估计不费吹灰之力，就有可能把陶陶击败。

陶陶拼命往树梢爬去，它停在那儿，把那坠得很低的小树枝摇来摇去。大山猫停在路中央，举起一只大爪子，用满含恶意的目光望着陶陶。

陶陶的耳朵耷拉下来，两眼迅速地扫视了一下四周，想找个地方逃走。大山猫纵身跳上桦树，伸出一只爪子，扑向陶陶。

陶陶拼命往回跳，树枝剧烈摇晃，它站立不稳，在空中翻了一个跟头，四肢落到了地上。树枝弹回去，大山猫也从树上掉了下来。它的身体比陶陶笨重，重重跌在地上，好半天没站起来。就在这时，陶陶像离弦的箭，逃之夭夭了。

但不一会儿，那只大山猫又追了上来。陶陶知道，这样下去是没有希望的，于是冒险地爬上另一棵小树。大山猫更狡猾，它只爬到小树的一半，就使劲猛摇，想把陶陶摇落下来。陶陶感到情况十分危急，它等到小树弯到离地面最近时，便收缩腹肌，像弓一样弹到地上。大山猫落地速度也很快，差一点就扑上了陶陶。陶陶急中生智，猛一转身，"嗖"的一声，钻进了岸边的一个兔子洞。

兔子洞太小，大山猫钻不进去，它低下头，用一只绿眼睛往洞里瞄了瞄。陶陶用后腿猛拨，一些泥土从洞里飞出来，撒得大山猫满头满脸都是。

大山猫退了退，一会儿又发起了进攻。它用爪子一下一下地把洞口的泥土扒开，低着头一个劲地往前拱。受困的陶陶，心像小鼓一样，"咚咚"直跳。

这时幸亏来了一位猎鹿的少年，他一枪打死了怒气冲冲的大山猫，陶陶才免了一场大祸。

两天之后，陶陶追上了两个伙伴。老白狗高兴得忘乎所以，疯了似的在陶陶身上舔来舔去，并绕着它兜圈子。陶陶爬上一棵树，身体一扭跳下来，刚好骑在老白狗身上。待老白狗像小丑似的躺下来喘气时，黄狗向陶陶走去。陶陶用后腿站立起来，伸出两只前爪，拢住黄狗的脖子，轻轻地寻找那被弄伤了的耳朵。

陶陶和它的伙伴又一起前进了。它们已走过了三百多公里，陶陶没有受过伤，老白狗情况也不错，只是黄狗卢阿斯情况不佳。它左腮发炎，几乎无法张口，饥肠辘辘，差点儿饿死。陶陶抓到食物，总是先让黄狗吃，黄狗主要是喝那些捕获物身上流出来的血。

现在它们所经过的地方已不似先前那样荒凉了，有一两次还看到过远方出现的小村落。黄狗一直避开这些村庄，尽量带大家往密林里走。但一天午后，一只豺狼跟在它们的后面一直走了好几公里。为了摆脱那个鬼鬼祟祟的影子，黄狗才催促同伴走出丛林，找一个小农场躲避一下。

黄昏时分，它们走进了一个小村落。老白狗走到一间小木屋前停下来，勇敢地举起一只爪子，拍了一下大门。一位小姑娘开了门，她看到了老白狗小丑般的笑容，突然嚎叫了一声，"嘭"的一声关上了门。正当老白狗迷惑不解、有礼貌地吠几声的时候，一位老人家突然开门向它泼了一桶水，然后边骂边挥动着扫帚，弄得老白狗伤心地逃了回来。

　　后来，它们又走了两公里，找到了一个小农场，这次它们的运气很好。第二天清晨，老白狗被温柔的女主人发现了，带它进屋吃了一碗面包屑并喝了一碗牛奶。接着是男主人在猎野鸭时发现了脸部受伤的卢阿斯，命令它跟他回去，然后用钳子把它脸上的箭毛拔出来。这使黄狗大大减轻了痛楚，脸上的水肿也开始消退了。

　　在男主人给黄狗做手术时，老白狗怀疑他会伤害自己的伙伴，在门外"咚咚"地叩门。但当它进门看到黄狗正在用舌头津津有味地舔一碗牛奶时，它的脸上露出了滑稽的微笑。它们之间的友好进一步引发了主人的善心，他们决心收留它们。

　　在两只狗接受主人款待的时候，陶陶则躺在木堆上晒太阳。它肚子饿了的时候，就走向鸡窝，偷鸡蛋吃。它偷蛋多年，干起来十分内行。

　　那天晚饭后，主人带两个狗"客人"走进后面的一间舒适安静的小屋。黄狗喝光了几碗鲜奶，吃了几盆肉，然后伸着四肢，躺在地上熟睡了。老白狗躺在一张皮沙发上轻轻地打着鼾。不过主人发现，当院子里传来猫打架的声音时，两只狗立即坐起来，一起摇着尾巴，脸上露出喜悦的神色。

晚上，男主人把黄狗和老白狗引进马厩。他把一些干草堆放在一只大木箱的角落，让它们睡觉，还给它们倒了一碗水，临走时关上门，闩紧了门闩。但他走后不久，陶陶就用爪子打开了门，它的小身躯钻了进来，躺在老白狗的胸前。

黎明时，黄狗被冻醒了，它又带着大家出发了。它们还要走最后八十公里才能回到旧主人家里。这段路程比原先走过的地方更荒凉，路也更崎岖艰险，而且一路上再也没有人类帮它们的忙了。幸好，它们已饱吃了一顿，休息了一夜。

正当陶陶一行翻山越岭向老家进发的时候，有两批人都在强烈地记挂着它们。

汉特结束了在英国的讲学，带着彼得和伊丽莎白踏上了归途。他们想到很快就可以见到自己的爱畜了，都激动万分。伊丽莎白不厌其烦地讲着她将见到暹罗猫陶陶时的情景。她特地在英国给它买了一条红皮脖套作为见面礼。彼得也喜形于色。他从懂事的时候起，就知道老白狗是属于他的，他也是属于老白狗的，他的归来就是送给老白狗的一份最好的礼物。汉特呢，他在看到一群群野鸭子在早晨的天空中飞翔的时候，就想象着带黄狗到三角洲水草地或刚收割过的田野上去打猎。

约翰·朗黎奇这时却在距他们约一千公里的地方忧心忡忡。他从外地回到那间小木屋时，看到里面空荡荡的，就感到惆怅、凄凉。当他得知汉特一家就要回来时，心中更加沮丧。

他推断，三只动物不是逃跑，而是由卢阿斯带领着回自己的家去了。但是它们要走将近五百公里的路程，还要穿过广阔的原野，一路上还有大狗熊、狼……后果肯定不堪设想。

不过，朗黎奇先生尽管是那样失望，他还是拿起电话，向各地联系，希望能获得一些关于这三只动物的生死消息。

深夜里，电话铃响了。电话员报告说，有一位老师提到过，小姑娘纳米曾在克加河中救活一只暹罗猫，那已经是两个星期以前的事了。但几天后，那只猫又失踪了。另外，他还提供了一条线索，说有一位在多伦达矿区独自居住的老人来取邮件时曾提到过动物"客人"的事，不过，老人和野生动物为伴已经多年，可能连野生动物和家畜都分不清了。

电话员的消息引发了朗黎奇的思考。他证实了三只动物确实是向它们老家方向走去的。而且两个星期前，那只暹罗猫还活着。从地图上看，它已经走过了一百多公里的旅程了。但另外两只动物又去哪儿了呢？这天晚上，他静静地躺着，久久不能入睡。

汉特一家回来了，朗黎奇先生又与他们一起花了不少时间来寻找三只动物的下落。他们在一个综合商店里得知，一位粗暴的农民曾在那里说过，有一只丑陋的烈性白狗伤害了他一大群珍贵的小鸡，而且打败了他那可怜的牧羊犬。他扬言，如果他能抓到这家伙，一定要打断它的脊椎骨！

听到这里，彼得第一次露出笑容，这使他想象出一幅老白狗的生动的画面。他感到还有一线希望，但也还无法解除忧虑。他深信，要是老白狗死了，黄狗也不例外。

伊丽莎白的态度与她哥哥恰恰相反，她完全相信她的陶陶还活着，而且肯定会回来。她想象着陶陶戴上她送给它的红皮脖圈时既高兴又惊奇的情景。

不久，他们又接到了那个好心的农场主来的电话，得知在十天前两只狗还活着。不过，当他们打开地图时，他们高兴的心情又黯淡了下来。因为他们发现他们与两只狗之间，相隔着一个可怕的障碍——荒山野岭，这些荒山野岭既崎岖又艰险，就是十分健壮的狗也受不了，何况黄狗又病、又饿、又累，老白狗的状况也不佳。因此，他们肯定，这几只动物的旅程很快就要结束在那杳无人烟的荒原里了。

为了摆脱那些令人心烦的电话报告，朗黎奇提议到温戈湖畔去野营，那里也正是这几只动物回老家的必经之路。汉特一家同意了。

他们在树高林密的湖畔停留了几天。一天上午，周围十分宁静，大家都在默默地沉思。突然，伊丽莎白站了起来，她的听觉很灵敏，她说她听到了一只狗的吠声。

开始，大家以为这是她的想象，但不久，彼得也似乎听到了什么。而且，伊丽莎白已能断定，那是卢阿斯的声音。

汉特身上的每一根神经都绷了起来，好像有什么重大事情马上要发生似的，他站起来，走向狭小的山道。

"吹口哨，爸爸！"彼得激动地喊。

口哨声响了起来，既悦耳又响亮。还未来得及听到口哨的回声，就听到山那边传来一阵欢快的狗吠声。

他们走到路中央，只见一只黑尾巴、黄身躯的小动物穿过丛林，沿着山间小路飞跑过来。这是陶陶，它一声喊叫，响彻整个山间。

伊丽莎白欢喜若狂地将陶陶一把抱了起来，陶陶用那黑色的尖爪子抚摩着她的脖子。

朗黎奇完全没有想到自己是那么容易动感情。他看到曾经那么美丽健壮的卢阿斯，现在变得骨瘦如柴，他感到喉咙一阵哽咽。听到黄狗发出奇怪的吠声以及看到它跳起来扑向它的主人和朋友时面部的表情，他赶快转过脸去，佯装着伸出手去拿开暹罗猫的爪子。

几分钟之后，大家又高声议论开了。围着那只狗，又是抚摩，又是安慰。黄狗不停地吠着，眼睛里闪烁着光芒，紧紧盯着它的主人。趴在伊丽莎白肩上的陶陶也叫着来凑热闹。大家哈哈大笑，又喊又叫，热闹非常。

突然间，他们都静了下来。大家都不敢看小彼得，他站在一旁，毫无目的地拿着一根枝条摆来摆去。黄狗走过来时，他转过身走了。显然，老白狗没有出现，使他难过万分。

他要求大家先走，他想回到瞭望点，看能否拍一张寒鸦的照片。朗黎奇先生愿意与他同行。

他们边走边谈，走到了小道的岔路口。朗黎奇偷偷瞄了一下手表，刚想说"我们得回——"时，他发现了彼得的神情非常紧张。他沿着彼得所注视的方向望去，只见在小道的下边，丛林的阴影外边，在夕阳的斜照下，老白狗博哲正竖着尾巴，使尽力气向彼得猛跑过来，彼得飞也似的向他的爱犬跑去。这个情景，使朗黎奇先生眼睛模糊。就在这时，陶陶以闪电般的速度疾跑了过来，它是来看望它的老伙伴博哲的。

　　就这样，陶陶和它的伙伴，终于结束了这次十分坎坷的旅程。

（何森　译　范奇龙　改写）

大迁徙

方 敏

漫长的旱季。

从七月初到十一月底，几乎没有一滴雨水，也没有一丝季风，是蟹岛上几十年不遇的苦旱。

莽莽苍苍的热带雨林，默默承受着这一现实。落叶树毫不犹豫地把身上大大小小的叶片清除干净，连枝条也变成了黑褐色，抵御着灼热的威逼。常绿植物中的针叶树，像鸡毛松、竹叶松，也紧紧地把针叶缩成一团，尽量地保存自己残余的水分。粗大的藤本植物落光了叶子，枯干了藤皮，更加拼命地纠缠住高大的树干不放。树蕨，这些栖在树杈上、像巨大的盆景一样装扮着热带雨林的孑遗植物，如今也干巴巴、乱蓬蓬，像是废弃的老鸦窝。即使在最阴暗潮湿的山谷中，树干上的苔藓，也如疥癣一般，青一块、黄一块地掉下来，惨不忍睹。

严酷的旱季，热带雨林里死一般静寂。不见了树枝上荡来荡去的长臂猿，不见了密叶间窜来窜去的小松鼠，甚至连蟹岛上的主要居民——红蟹，也仿佛被一阵风卷走了，踪影全无。

往日，你只要步入雨林，这种红色的螃蟹遍地皆是。它们从甲壳到腿钳到肚皮，浑身通红，像攀枝花一样打眼，像火苗一样明亮。它们总是爬来爬去地工作着，将遍地的落叶、浆果，拖回自己的洞穴，将蟹岛上百余平方公里的雨林清扫得干干净净，让人们得以悠闲地散步。它们不怕人，因为人类不食用也不伤害它们。它们也不怕其他动物，因为有坚硬的甲壳。它们只是不停地工作，吃进落叶和浆果，排出一粒粒棕褐色的粪便，滋养着密密的雨林。每当旱季将临，它们会更加忙碌，除了在洞中贮藏鲜肥的食物备用，还要用潮湿的叶子紧紧地堵住洞口，以防洞中的水分在旱季时被抽走。在往年的旱季，它们并不会销声匿迹。哪怕一片云彩落下几滴打不湿地皮的小雨，它们也会从洞中爬出来，急急忙忙用红色的大钳子舀起树根边、树叶上的水珠，送进嘴里；而且在来来往往的碰撞时，互相还动一动眼睛、敲一敲地面，打个招呼；接着便趁着太阳还没露头，又匆匆忙忙潜回洞中，把洞口堵严。

然而，今年是几十年不遇的大旱。不要说一滴雨水，就连一滴露水也没有。这些勤劳机敏的红蟹，自从钻进洞穴，就再也没露过头，甚至一点动静都没有，莫非它们已被旱死在洞中？

但是，假如你来到雨林中，将耳朵贴着地面待上一会儿，或闭上眼睛背靠大树坐上一会儿，就会听见一阵阵低沉、凝重的旋律从深厚的地底下传上来，萦绕着整个雨林，这是一支古老悠长的乐曲。千百年来，它随着旱季和雨季的更替，时强时弱，时伏时起，仿佛在讲述着一个久远的过去。

六千万年前，蟹岛还是沉在印度洋底的火山，红蟹的祖先们聚居在火山顶的珊瑚礁石间，游玩、嬉戏。海底有丰富的水生动植物供它们择食；海底没有天灾人祸，平静、安定，任它们繁衍生息。但是，随着物换星移，随着地壳的运动，有一天，火山顶突然冒出了海平面，托着聚居在它头上的红蟹群。面对着蓝天、红日，面对着狂风、暴雨，面对着一个崭新的世界，随着石灰岩盆地里海水的不断蒸发，红蟹这种用鳃呼吸的水生动物，面临着灭绝。

千年百年、亿年万年过去了，小岛上长出了黄色的地衣，地衣演变出厚厚的苔藓，接着便有了绿色的小草、参天的热带雨林。这时候，一只、两只……千只、万只红蟹突然像从天而降一般出现了，把寂寥的雨林点染得红红火火，烘托得生气勃勃。这些不幸的小生灵，是怎样熬过亿万年小岛和自身的演变而存活下来的呢？没人说得清。只是比起水生的祖先，它们的身体变小了，是因为食物的不足，雨林里只有落叶和浆果。它们的鳃退化了，身体的边缘出现了类似肺一样的鳃孔。它们还学会了用八条腿在地上爬而不是游泳，用两只大钳子打地洞而不是捕捉猎物。它们变得格外灵敏——对于晴天和雨天的气息，对于旱季和雨季的交替，对于白天和黑夜的变化，对于湿地和干地的选择。

就这样，红蟹变成了旱蟹，正像当年在水下时一样，重新以绝对优势占领了这个小岛，以至人们不得不将此地称为蟹岛。

就这样，这支古老悠长的乐曲，一年一度，循环往复，将祖祖辈辈求生存的业绩世世代代传奏下去。

也许是对水生祖先的祭奠，也许是海的不可解除的咒语，每当雨季来临，红蟹们总要进行一次浩浩荡荡的远征，从密林高地向海边迁徙，交配、产卵、甩子。红蟹的后代只有经过海水的沐浴才能获得生命。

往年每逢十一月初，印度洋的季风频频吹来，就会降下一阵紧似一阵的暴雨。但是，今年这漫长严酷的旱季哟，直到十一月底还没有一丝一毫雨季的征候。于是，这支古老悠长的乐曲，越来越雄浑，越来越沉重。震撼着森林，震撼着大地……

风来了，这雨的使者裹着印度洋上的潮湿气和海腥味，一路上翻着跟头，打着呼哨，日夜兼程，直扑向久盼甘霖的热带雨林。树枝在晃动，树叶在舒展，彩蝶翻飞，蚂蚁出动，连穿山甲也从洞里探出了头。死寂的雨林开始复苏。雨来了，这姗姗来迟的雨季的序幕，一来便带着雷霆万钧的气势。起初是豆粒大的雨滴，"噼里啪啦"，雹子似的砸在树叶、树干和干裂的黑土地上。接着，便像决了堤的天河，一股股白色的雨柱倾泻而下，无休无止，仿佛要将这雨林、这蟹岛依然打入印度洋底。

于是，热带雨林重新获得生机。枯木般的落叶树眨眼间泛出青色，枝条上冒出一个个胀鼓鼓的芽苞，就像一张张干渴的小嘴，吸吮着甘美的琼浆。奄奄一息的常绿乔木振作起来，清理掉泛黄的旧叶，换一身翠绿的新衣。干涸的小溪又有了欢笑，扬起水花在石头上载歌载舞。

假如一阵大风吹过，把雨帘吹得稀薄，你就会发现，密林中肥厚的黑土地上，突然铺上了一层明亮的鲜红。这便是蟹岛上的土著——红蟹。

凭着敏锐的本能，红蟹首当其冲，迎接雨的洗礼。当第一批雨点滴落，它们马上冲出洞穴。当大雨倾盆的时候，它们不像别的动物躲躲藏藏，而是一个挨一个地趴在地上，任狂风吹打，任暴雨浇下。雨一天不停，就一天不动，仿佛睡着了似的，在这水汪汪的天地间，做一个古老的美梦。

雨终于停了，梦立刻醒了，红蟹们重新面临雨林的世界，第一个直觉就是腹中空空。林地上有狂风扯下来的落叶，有暴雨打下来的浆果，然而，在这雨林中平均每公顷土地上就聚集着一万多只红蟹，这有限的食物哪里够？于是，就有了捷足先登者、暴力相向者和无可奈何者。你瞧，在那棵高大的第伦桃树下，就正有一场争夺。

那是一颗丰满的第伦桃果，天知道它是怎样躲过苦旱的，颜色还是那样鲜红艳丽，果肉还是那样饱满多汁。说来有趣，最先发现它的是一只独眼的雄蟹，正应了"独具慧眼"一说。可是，当它把第伦桃果放在独眼面前，正准备用两只大钳子剥去片状的花萼时，却遭到了袭击。

这是一只六岁的雄蟹，背壳直径大约七厘米，不但肢体健全，而且透着股彪悍的生气，特别是那一对坚硬的大钳子，当独眼被它牢牢地抓住时，就像戴上了镣铐，休想挣脱。然而，凭着比硬钳大两岁的经验，独眼还是用长腿将第伦桃果推到一边，骨碌碌滚出好远。于是，又有了一场争先恐后的赛跑。不过，当两只雄蟹几乎同时到达目的地时，它们都愣住了——

鲜美可口的第伦桃果旁正站着一只背壳直径约十二厘米，即年龄在十岁以上的雄蟹。它只有一只巨大的钳子，却有一股无形的威慑力。年轻时它是密林中最凶猛的红蟹，凭着一对巨大的钳子、强健的体魄以及好斗的性格，它几乎打遍了整个密林，所向披靡。它的大钳子折断过好几次，每次都很快再生出来，重新披挂上阵。但当它步入老年后，折臂却没再生，尽管如此，独臂仍然保持着它的凛凛威风。

独眼向右边走了，凭着独具慧眼，它又发现一颗油柑果，虽然有些干瘪，味道也有些酸涩。硬钳向左边走了，凭着它的强悍，不妨选择别的目标再去抢夺。

独臂美滋滋地吸吮咀嚼着酸甜鲜嫩的第伦桃果。当它饱餐之后趴在地上休息片刻时，一阵强劲的季风，裹着海腥味直向密林中灌来。独臂立即支起了身子，它好像听见了一阵密集的鼓点。顿时，它身上的每一块肌肉、每一片铠甲都紧张起来。

是的，这是催征的战鼓，那个伟大的时刻已经来临。

独臂庄严地举起那只巨大的钳子，重重地敲了下去。大地震颤了，顺着树根，随着小草，传递给密林中的每一只红蟹。立刻，正在打架的，匆匆收兵；正在进餐的，拖着食物。一股股、一道道、一片片红流涌向震源——独臂的站立处。

密密的雨林中，一亿多只红蟹聚集在独臂或像独臂这样有威望的老雄蟹周围。它们推推搡搡，横冲直撞，吵吵嚷嚷，仿佛要将整个世界搅翻了似的。

它们在聆听它们的首领发布命令。这是出发的命令，预示着一个艰难困苦、危机四伏的历程。这是告别的命令，预示着成千上万个出征者将客死他乡，永不回头。

然而，凡是四岁以上的红蟹，不论是雄性还是雌性，谁也不肯放弃证明自己成熟健壮的机会，谁也不肯放弃繁衍后代生生不息的职责。它们义无反顾地追随着、簇拥着它们的首领，组织起一支支浩浩荡荡的红色大军，开始了一年一度奔向海洋的大迁徙。

一条公路，宽广平坦，横亘在两片茂密的雨林之间，像不可逾越的天堑。

三百年前，人类第一次发现了这个美丽富饶、绿荫如盖的小岛；紧接着，便是肆无忌惮地占领。随着一幢幢漂亮别墅、一台台采矿机械的出现，一条条纵横交错的公路、铁路，便把莽莽苍苍的热带雨林，像切生日蛋糕似的切割开来。

随着人类的占领，小岛的土著——红蟹的领地在不断缩小。它们从公路、铁路、矿井、住宅区、网球场，以及人类企图占有的一切领域里撤退，躲进密密的雨林中。它们不曾抵抗，因为没有抵抗的能力。成年红蟹的甲壳只有成年人一只拳头大小，假如它们敢于违背人类的意志，便会像那些被砍倒、锯断、连根挖除的百年古树一样，死无葬身之地。何况，那些古树也要比它们大上百倍千倍。

但是，今天，它们却浩浩荡荡地开赴出来，聚集在这条公路边的林地里，准备穿越人类设置的封锁线。

比较起来，老雄蟹独臂率领的队伍是最为庞大的一支。它们按照由大至小的顺序排列，摩肩接踵横向铺开，怕有万只以上。应该说，这也是行动最迅速的一支。因为它们最先到达森林的边缘，并且像一道闸门似的驻守下来，封住了几公里长的出路。尽管后面的一支支队伍仍像红色的海浪，一排排地涌过来，却无法冲决这道闸门，只好无可奈何地在它们身后的密林里趴下来，耐心地等待。

独臂的队伍也在等待。曾经十几次往返这条公路的独臂十分清楚，敢于顶着火球样的太阳穿越公路的队伍，必然全军覆没。但是，要按捺住这上万只红蟹的远征大军，实在不是件容易的事情。它们初上征途，正是精力充沛、兵强马壮的时候。特别是那些第一次参加远征的红蟹们，没有恐惧，只有好奇。终于，它们当中最不安分的一些，挣脱了独臂的束缚，侧着身子爬出了森林。阳光把公路照耀得明晃晃的，就像一条宽广的河流。然而，这些年轻的勇士们，还没来得及爬上路基，摸一摸那条河，就全部毙命了。无一幸免。它们的水生祖先，为它们遗传下那么多像菊花瓣一样的海绵体——鳃肉，这些退化了的器官，虽然不再具有呼吸作用，却可以迅速吸收或者散发水分。而一旦鳃内的水分蒸发干净，无论多么强健的红蟹，也会一命呜呼。

现在，那些迅速出动，又迅速死去的红蟹，星星点点地铺缀在路基上，一动不动，就像一丛丛鲜红鲜红的罂粟花，警示着密林边上的跃跃欲试者。这些刚刚成年的红蟹，没有留下后代，没有见到大海，甚至没有参加第一次冲锋，就这样草率地结束了年轻的生命。

公路上，卡车、面包车、小轿车来往穿梭，发出或沉重或尖锐的呼啸，几乎片刻不停。这是公路的占领者——人类发出的警告，威吓着森林边缘那些蠢蠢欲动者。然而，平时那些望风而逃的红蟹，今天却不曾有半步退后。它们固执地聚集着，等待着穿越公路的时刻。

独臂用那只巨大的钳子微微支起身子，临风而立，仿佛威严的将军。身经百战的伤痕累累，历经沧桑岁月的重重印迹，它的甲壳不再鲜亮红艳，变成凝重的深红，并且布满暗淡的白色斑点。只有那双突出的硬硬的眼睛，还是通红通红的，配上顶端两点闪闪发亮的漆黑，就像两颗大粒的红豆。现在，这双眼睛就正在凝神注视着那一点点黯淡的夕照、一寸寸蔓延的阴影。

独眼比独臂活得轻松。年轻时，它曾是密林中最英俊的雄蟹。它的甲壳没有一点杂色，像纯净的红宝石一样泛着红晕。它的两只大钳子，挥动的时候弧度很美，很有韵律，几乎能迷住密林中所有的雌蟹。两年前，当它和一只美丽的雌蟹抱在一起时，遭到了袭击。那时候，它还没有尝试过独臂的厉害。它企图抗争，结果，不但丢掉了情侣，还丢掉了一只眼睛。从此，它改变了很多，不再和别的雄蟹争抢打斗。

无法改变的是，它仍旧喜欢向雌蟹献殷勤。现在，它就正在挥动着两只弧度优美、富有韵律的大钳子。

那是一只壮年的雌蟹，有着红玛瑙一样玲珑剔透的美丽的甲壳。奇特的是，在它甲壳的顶部，也就是在两只眼睛之间，排列着五颗钻石样的白点，看上去，就像一朵盛开的蜡梅。花点接受了无法抗拒的诱惑，侧着身子，向独眼移过去。可是，正当它直立起来，准备扑进独眼的怀中时，一只坚硬的大钳子，牢牢地卡住了它。

又是硬钳，那只横行霸道的年轻雄蟹。独眼立即趴在地下，转身撤退。它只能拱手相让，不能再丢掉最后一只眼睛。当独眼转过身时，一只紫色背壳的雌蟹正好爬过来，它转动着紫幽幽的眼睛，大概是想引起独眼的注意。独眼却视而不见，从它身边绕了过去。雌蟹紫背犹豫片刻，追上去，重新拦在独眼面前，更加卖力地转动眼睛。这一次独眼站住了，它举起一只红宝石般的大钳子，却并不划出优美的弧度，而是一下子将这只四岁的小雌蟹翻了个仰面朝天，然后连看都不看一眼，便扬长而去。

雌蟹紫背手忙脚乱地挣扎了好半天，才翻转身子，它疾速退到身边的树洞里，躲进了浓浓的阴影里。这只可怜的雌蟹，平时在密林里，只要敢接近别的红蟹，就会招来一顿痛打，没有谁会同情它、帮助它，谁让它有一个难看的紫色背壳呢？它曾经到过一片又一片的森林，希图找到一个和它颜色相同的伙伴。最后，它失望了，只好离群索居，卑微地躲避着那些有着鲜红背壳的同类。此刻，它也只能躲在阴暗的树洞里，眼巴巴地看着独眼爬到一只挺着大肚子的雌蟹面前，讨好地挥动着大钳子……

就在这时，大地震颤了。这是独臂发出的命令：总攻击开始了！

千万只红蟹像红色的潮水，涌出森林，漫上公路。没有多久，绵延六七公里长的公路上，全部爬满了红蟹，每公里的路面上，就有七千只红蟹在爬行。这是对占领者的反占领。人类是肆无忌惮的，卡车、面包车、小轿车仍然呼啸着在公路上奔驰。准确地说，是从千千万万只红蟹的身上轧过。这些红蟹趴在地上只有两厘米高，不可能看见飞奔而来的汽车。何况，它们那些细长扁薄的腿，本来是划水的桨，如今，在地面上侧着身子，靠前面的腿抓，后面的腿推，每分钟只能爬行六米。在这里，死是必然，生是侥幸。鲜红的甲壳变为碎屑，雪白的肌肉变为浆汁；折断的钳子成堆，压扁的长腿如纸，公路上蟹的血肉横飞。

然而，铺天盖地的红潮，仍然一浪接一浪地涌出森林，漫上公路。这些后续部队面临着更大的困难。它们必须从密密麻麻、重重叠叠的死难者身上翻越过去，简直就是翻越一道道的鸿沟。它们爬行得更加迟缓，而这种迟缓，又增大了死亡的概率。但此时，生存或死亡，强大或弱小，都失去了实际意义。天地间，只存在一件事，就是不顾一切地穿越公路。起初，独眼和大肚子，还有硬壳和花点，都紧紧地跟在独臂后头，第一批爬上了公路。可是，肥胖的大肚子爬得太慢，且时不时地用钳子拽住独眼的后腿。于是，它们俩便落了下来，并且被不断涌上来的红蟹所淹没。天知道它俩是怎样通过公路的。有时候轰隆隆一阵，车轮擦着它们的腿尖压过去；有时候黑压压一片，阴影向它们身上扑过来。它们根本无法分辨究竟是怎么回事，只是拼命地、一刻不停地爬。它们几乎到达公路边缘的时候，独眼伸出一只大钳子，奋力一拉，将肥胖的大肚子甩下了路基。然而，就在这时，它听到了一声惊天动地的放炮声。接着，一辆闪闪发亮的天蓝色的小轿车，在它身前两米处停下了。一个穿米黄色皮夹克的年轻人走出来，俯身看了看汽车前轮，然后从轮胎上拔出一只红宝石样的蟹钳，恶狠狠地扔在地上，同时，"呸"一声吐掉了嘴边的雪茄烟头，开始卸换轮胎。

　　独眼盯着那只红宝石样的、熟悉的大钳子，忽然感到了周身的剧痛。它的左半边身子已经被压烂了，除了那只被车轮带走的大钳子。但是，它右边的钳子还能动，唯一的眼睛还看得见。它开始用剩下的一只钳子抓着地面，慢慢地朝前蹭去。它看见了那股袅袅的青烟，闻见了雪茄烟迷人的香气。有一次，它在密林中也曾找到过这样一个雪茄烟头，它把它衔在嘴里，爬来爬去，不知吸引了多少年轻美丽的雌蟹……

　　就这样，独眼一毫米一毫米地向前移去。它再也听不见汽车的呼啸声，再也感觉不到周身的剧痛，只是觉得青烟越来越近，香气越来越浓。当它终于艰难地把那支雪茄烟头放到嘴边时，它那只独眼却永远也不会转动了。

　　独臂在密林边重新集结它的队伍。不用说，这是一支九死一生的队伍。没多久，依然浩浩荡荡的远征军又向着密林深处进发了。它们必须抓紧时间继续赶路，天黑以后，它们的眼睛便失去功能，将寸步难行。肥胖的大肚子、美丽的花点以及数百只雌蟹始终落在队伍的最后头。它们频频地回首，似乎在寻找那双弧度优美、富有韵律的红宝石样的大钳子。然而，它们却只看见尸骨成堆、一片红色的公路上，一股淡蓝色的青烟，在苍茫的暮色里袅袅地飘升……

薄暮时分，独臂的队伍来到一条湍急的小溪旁。这里好像刚刚下过一场雨，林地里铺着薄薄的一层落叶，翠绿和橘黄交相辉映，上面还点缀着晶莹的小雨珠，更显得鲜美诱人。这里、那里，一颗颗、一串串鲜红、天蓝、深紫、乳白的浆果，半遮半掩地藏在落叶中，仿佛一个个顽皮的小精灵，拉扯着远征大军的脚步。湍急的溪水流得更加欢快，雪白的浪花在石头上撞起一尺多高，让十米八米外的远征队伍也能看得清。

饥渴、肮脏、疲惫不堪，不等独臂发出命令，这些刚刚从死亡线上冲过来的红蟹，就开始了行动。起初，它们贪婪地扑向那些落叶和浆果，用长腿扒，用钳子撕，用嘴扯。霎时间，林地里响起一片"嚓嚓嚓"的咀嚼声。当然还是少不了争抢和打斗，于是又有了钳子咬住钳子的"咔咔"声，以及败下阵者匆忙逃窜的"窸窣"声。紧接着，它们又奋不顾身地冲进了清亮的小溪。随着"扑通扑通""噼里啪啦"的声响，雪白的小溪立刻变成了红色。它们紧紧地趴在或圆、或尖、或凸、或凹的石头上，任沁凉的溪水从身上不停地冲过。于是，鳃孔、花状海绵体以及全身的肌肉都变得胀鼓鼓的；于是，背壳上、钳子中、腿毛间隐藏的尘土污秽，连同长途行军的困乏、死里逃生的惊惧，都被冲刷得干干净净。于是，这些不安分的小生命，又开始在溪水中游戏打斗起来。这个一膀子把那个撞个趔趄，那个一钳子给这个迎头痛击。谁不注意，就可能被掀翻，十脚朝天没着没落被溪水冲出好远。谁不小心，又会被一只大钳子夹住甩上岸去。

你瞧，那只美丽的雌蟹花点，更是别出心裁。它骑在一只甲壳很大的雄蟹背上，挥舞着两只红玛瑙似的钳子，得意洋洋地驱赶着那只雄蟹逆水爬行。那只雄蟹和硬钳同龄，只有六岁，但它的背壳却像独臂那么大，足有十厘米长。说起来，它的营养并不丰足。在林地里，它从来不和别的红蟹争抢甜美的浆果，甚至连鲜嫩的绿叶它也很少问津。它常常心满意足地咀嚼那些干枯腐烂的黄叶子。旱季前后，当这些腐叶也不够争夺的时候，它又常常心甘情愿地趴在洞穴里挨饿。这是一只温顺的雄蟹，当它在这片陌生的土地上，吃饱喝足之后，陪着花点玩玩，又算得了什么？

肥胖的雌蟹大肚子就是这时来到小溪边的。它姗姗来迟，是因为要喂饱它那只大肚子实在需要时间。它站在那里，盯着花点看了一会儿，然后就悄悄爬到大壳身边，抓住它的大钳子直起身来，将大肚子一挺，美丽的花点就"扑通"一声被挤落水中。于是，大肚子取代了花点，骑着大壳，挥动着大钳子，顺流而下，好不风流。

说来也巧，花点落水恰好砸在紫背的身上。这只卑微的雌蟹，正津津有味地学着花点的样子，挥动一双紫色的大钳，驱赶着肚子下边的圆石头。飞来的横祸搅了它的乐趣，它立即夺路而逃。但是晚了，怒气冲冲的花点已经举起两只大钳子劈头盖脸地打了过来，好像挤它落水的不是大肚子而是紫背。接着，旁边看热闹的红蟹们也来助兴，纷乱的钳子、长腿此起彼落，穷追不舍，一直把卑微的紫背打得退到小溪边，趴在草地上，奄奄一息，不再动弹。

　　这时，温顺的大壳已经驮着大肚子，从熙熙攘攘的红蟹群中穿过，爬了很远很远，几乎到了小溪的尽头。在这里，红蟹越来越稀少，特别是在两米开外的地方，有两块巨大的白石头，把明亮的小溪挤得只剩下细细的一小股。欢快的溪水流到那里，就会"咕咚"一声消失得无影无踪，而那些零零星星裹在溪水中的红蟹，也同样是一去不再回头。

　　危险的悬崖！大壳首先警觉地抓住了水中的石头。接着，大肚子也惊惧地抠住了大壳的后背。但是，一切都来不及了。随着一股巨大的冲力，它俩被冲散、掀翻，跌跌撞撞地朝悬崖滚了过去，就像水流中的两片落叶……

　　当沁凉的溪水将大壳冲得清醒过来时，它正直挺挺地立着，像一块红彤彤的小石头，卡在那两块巨大的白石头中间。一只又一只被水流冲昏了的红蟹，没头没脑地撞在它袒露的肚子和伸开的长腿上，又慌慌张张地顺着大石头爬上岸去。大壳挥了挥两只大钳子，背壳却没有挪动。一只接一只的红蟹朝它撞过来，它根本无法让开，尽管卡在那里十分难受。它眼睁睁地看见十几个伙伴向它撞来，又向岸上爬去。它还看见肥胖的大肚子已经朝上游爬了很远，正用大钳子敲着地面，警告着溪流中那些得意忘形的伙伴。于是，大壳便老老实实地卡在那里，看上去，仿佛是种舒适安逸的享受。

夜深了，红蟹群终于安静下来，露宿雨林。

在凝固了似的远征大军中，有一只肥胖的雌蟹动了动。这是大肚子，它那个难得填饱，却容易饥饿的大肚子，搅得它根本无法安宁。以往，在它躲进自己的洞穴中时，总是要储备足够的食物，以便半夜里饿醒了时，摸黑大吃大嚼一通。但是，现在它们是露营。它的周围只有红蟹，没有食物。现在，一半是凭借小溪明亮的反光，一半是因为饥饿难耐的本能，它发现了那片飘落下来的绿叶，便忍不住朝溪边爬了过去。不过，大约爬了一半光景，它迟疑地站住了，侧过身来，看着仍然一动不动、没有一点声响的伙伴，听着猫头鹰"扑棱棱"地从一棵树飞到另一棵树。它趴在那里足足有半个钟头，然后，仍侧回身，朝小溪边爬过去。当它终于用大钳子和嘴撕扯着那片鲜嫩肥厚的绿叶、全神贯注地喂饱它的大肚子时，它却没有发现，几个浓重的黑影正悄悄地包抄过来。

那是几只蓝蟹，它们的外貌和红蟹相同，只是个头比红蟹大上一倍。它们的甲壳、钳子和长腿都是淡蓝色的，在月光下反射出蓝莹莹的冷光，显得阴森森的。无法证明它们不曾是红蟹家族的一支。但是，在某种特定的条件下，它们的颜色变蓝，身体变大，行为也变得乖张凶残。在蟹岛上，它们的数量很少，但栖息的地方最好，常常是在水边或潮湿的树洞中。每年雨季，它们也要去海边繁衍后代，但总是走在红蟹大军的后头。它们要等身体养肥了才开始远征，但不是靠落叶、浆果，而是偷袭红蟹的军营。

现在，这几只凶残的蓝蟹，几乎毫不费力地就把大肚子红蟹撕成了碎块。大肚子那肥嫩雪白的肌肉，连同海绵状的鳃体，以及刚刚咽下肚子、还没来得及改变颜色的绿叶渣，甚至连它那两只肥硕的大钳子里的肉，全被贪婪的蓝蟹抢吃一空。

转眼之间，它变成了一副空空的躯壳。

这时候，从溪边的大树洞里，又爬出来几十只蓝蟹，它们迅速地爬到红蟹大军的宿营地，迅速地抓住最边缘的一只又爬回来，然后大快朵颐。要不了多久，小溪边便堆起了红蟹的残骸。

最先警觉的是雄蟹硬钳，它立即用大钳子急促地敲着地面。于是，它周围的红蟹醒了，独臂也醒了。要是往年，经验丰富又顽强勇猛的独臂，根本就不会睡觉，它会精神抖擞地密切注视着蓝蟹的偷袭，并及时发出警告，组织战斗。但这一次，这只年事已高的老雄蟹，实在是太困乏了。

愤怒的红蟹群立即发起了进攻。尽管它们的眼睛不像蓝蟹那样适应黑暗，尽管它们的身体和钳子比蓝蟹小得多，但是凭着它们的数量，也能像洪水一样把蓝蟹淹没。

暗淡的月光下，森林不再沉寂，这里、那里，一团团蠕动的黑影，一阵阵钳子的折断声，一直搏斗到密林中透进淡淡的晨雾，凶恶的蓝蟹群才仓皇逃走。

黎明的到来，就是出发的时刻。红蟹的队伍重新在林地里争抢咀嚼着落叶、浆果，重新到溪水中洗澡、吸水、嬉戏、打斗。同时，它们还聚在溪水旁边那一堆堆死难者的残骸旁，踅来踅去，闻闻嗅嗅。然后，便迎着季风吹来的方向，跟着独臂，继续浩浩荡荡地远征。

这时，密林中下起了淅淅沥沥的小雨，透明晶亮的雨点，把溪水边那些空空的蟹壳冲洗得鲜艳夺目，就像一摊摊殷红殷红的鲜血。

又是一个晴朗的黎明。一缕缕淡淡的晨雾飘进雨林，拂醒了沉睡的小鸟，于是百鸟欢歌；拂醒了沉睡的大树，于是千树竞秀。密密麻麻地聚在林地中的红蟹也醒了，开始毫无目的地爬来爬去，东冲西撞。这支连续赶了九天路程、经历了无数次死生的远征大军，却在这里集结了两天两夜，按兵不动。

不是耐心地等待，而是焦躁地企盼。

两道滚烫的铁轨，就像地狱里伸出来的铁钩，谁敢碰一碰，马上就会魂飞魄散，只留下一个烧焦的躯壳。

经验丰富的雄蟹独臂也沉不住气了。一会儿爬到林边，用两颗红彤彤的眼睛盯着黑森森的铁轨；一会儿又爬回林中，听凭它那些浮躁不安的部下喧嚣聒噪。两天两夜，长途跋涉的远征军，不但没有得到充足的给养和休息，反而面临绝境。仿佛被灼热的铁轨吸干了似的，方圆几十里密林，竟没有一洼清水、一条小溪。林地里的落叶、浆果，早已被抢食一空，就连埋在泥土中的腐叶，也被挖出来吃光了。那些像海绵一样膨胀起来的鳃肉，这时也开始萎缩，远征军面临着最严重的威胁。

两天两夜，居然没有一滴雨水，随着几十年罕见的严酷旱季而来的，是几十年罕见的吝啬雨季。在独臂的经历中，每年大迁徙过铁路时，或多或少总会碰上一阵雨。雨水浇在铁轨上冒出的一股股白色的蒸汽，就是上苍对远征大军的一丝丝怜悯。特别是去年那个慷慨的雨季，独臂的队伍碰上了瓢泼大雨，尽管被冲得东倒西歪，却奇迹般地避免了一次大劫难。但是，今年，连上苍也变得冷酷无情。白天，那些老弱病残的雄蟹开始无声无息地死去。夜里，那些肥硕的雌蟹不断遭到蓝蟹的偷袭。死亡的阴影在一步步逼近，而又一个晴朗的早晨宣告了雨水的遥遥无期。

在铁轨的背后，隐隐传来大海的涛声，是呼唤，也是激励。

老蟹独臂感到了身体的膨胀，毅然用巨大的独臂敲响了地面。于是，百无聊赖地在密林中吵嚷打闹的远征军，一反常态地向树上爬去。一时间，疏疏密密的灌木中，高高矮矮的大树上，爬满了斑斑点点的红蟹。它们毫不留情地撕扯、咀嚼着绿叶、花朵、浆果和嫩芽，甚至残忍地啃啮树皮。可怜那些在雨季里刚刚复苏的绿色植物，被一双双绝望的大钳子撕撸得遍体鳞伤。

第一批饱餐者开始爬向铁路，根本不用独臂的督促。但是，正当它们企图翻越黑森森的障碍时，一股强大的引力，竟将它们牢牢地吸附在滚烫的铁轨上，丝毫不能动弹。随着一阵阵"嗞嗞啦啦"的声音、一道道灰色的烟雾，那一只只活生生、鲜灵灵的红蟹，转眼就变成了一片片散发着焦煳气味的蟹干。

第二批饱餐者跟上来了，它们似乎没有被眼前的剧变吓住，反而勇猛地从先驱者的尸体上翻越过去。然而，就在它们的前半个身子刚刚接触铁轨时，又是一阵阵"嗞嗞啦啦"怪响，又是一道道灰色烟雾，这些继往开来的勇士，半个身子粘在铁轨上，半个身子搭在伙伴的尸体上，又都成了半阴半阳的猝死鬼。

在惨痛的牺牲面前，生命有时会恐怖，有时却会激愤。现在，聚集在铁路边的远征军就属于后一种。一批又一批的红蟹仿佛中了邪似的，继续朝着铁路上涌去，继续从先驱者的身上翻越，继续成为半阴半阳的猝死鬼。而就在同时，一道用红色甲壳铺就的生命之桥，也正一寸寸向着对面的森林延伸。

铁路上，密林中，"嗞嗞啦啦"的声音响成一片，惊心动魄。

灰色的烟雾、焦煳的气味越来越浓，充斥着整个空间，像是场无情的大火，焚毁着成堆的生命。

就在红色的生命之桥几乎铺到尽头时，涌动的红蟹突然静止了、凝固了，仿佛在这即将获得成功的时刻，反而感到了恐怖。

雄蟹大壳就是这时爬到铁路边来的。一如既往，刚才它并没有上树去争抢食物，而是老老实实地站在树下，爬来爬去地捡高攀者掉下来的残渣果腹，自然远远落在了高攀者的后头。

现在，它正没头没脑地从静止的红蟹群中挤过去，仿佛要到前边去看个究竟。

就在大壳挤到最外围的时候，它挤翻了美丽的雌蟹花点。

花点愤怒地举起大钳子朝大壳的背上猛敲。老实巴交的大壳以为花点又要骑到它的背上去，立即停住脚步，乖乖地将肚皮贴在地上，等着花点爬上来。

没想到，花点竟真的爬到了大壳的背上，而大壳也真的驮着花点朝铁路上爬去。在那座用红色的甲壳垒成的、凸凹不平的桥梁上，大壳就像一只颠簸的小舟，时起时伏，时歪时扭。为了不被摔下去，花点用两只大钳子紧紧抓住大壳眼睛处的甲壳边缘。尖利的钳子磨痛了大壳的眼睛，然而，惯于忍受的大壳，仍一声不吭，艰难地爬着、爬着。

当大壳几乎就要翻越铁路时，忽然发现，就在它的眼前，红色的桥梁露出一块黑森森的铁轨，像一个无底的深渊。躲闪是来不及了，它只有翻过身去，依靠坚硬的背壳抵挡一下，再滚下铁路求生。但是，花点重重地压在它的背上，它根本翻不了身，它甚至是被花点的重力推动着，将它的肚子贴上了滚烫的铁轨，顿时发出一阵"嗞嗞啦啦"的响声。

美丽的花点是第一只活着到达彼岸的红蟹。它拼命用大钳子敲击地面，传递着生战胜死的消息，唤醒了密林中那些如痴如呆的伙伴。

天色更加明亮，太阳即将升起，每一分钟的延宕，都意味着更大的牺牲。

红潮再一次开始涌动，但不是像过公路那样，铺开几公里，漫天漫地，而是汇成源源不断的一股，踏着先行者用尸体垒起的一米多宽的独木桥。独木桥太窄了，而且高低不平，于是又有了从两边挤下去的红蟹，再次发出"嗞嗞啦啦"的响声，再次用红色的背壳，一寸一寸加宽着桥面。没过多久，独木桥就变成了十几米宽的公路桥，把更为宽阔的生路奉献给后来者。

就这样，红潮像峡谷的急流，聚拢、冲出、一泻千里。这一次，红蟹们是在和太阳赛跑，一旦阳光直射铁路，不但密林中的红蟹不敢越雷池半步，就连这一道横卧在铁轨上的红色桥梁，也会被烧成灰烬，化为乌有。热带的烈日，就是这样肆虐它的威风。独臂再一次集结自己的队伍：仍然有浩浩荡荡的阵容，却不再是出发时的原班人马。熟悉的伙伴失去了很多很多，陌生的新队友又源源不断地加入。你瞧，挤在独臂身边的那只长腿的雄蟹，就是后来的入伍者。过公路的时候，它的首领不幸身亡，凭着四双飞毛腿，它竟追上了独臂的队伍；而那只有着粉红色大钳子的雌蟹，则是因为迷了路，糊里糊涂就成了独臂的部下。

声势浩大的远征军开始出发了。这一次为它们送行的是：铁轨上用尸体垒起的桥梁，空气中弥漫的焦煳味和灰雾，还有密林中一块突出的大石头上，温顺地趴着的雄蟹大壳。天知道它是怎样爬上去的，也许又是凭了它的特殊耐性才保住了性命？它就这样温顺地趴着，转动着两只红豆样的眼睛，给伙伴们送行。从季风吹来的方向，它听到了隐隐的海涛声。然而，它的下腹部已经烤烂，交配已不再可能。它就这样温顺地趴着，将烧焦的肚子紧紧地贴在清凉的石头上，仿佛在随时等候花点、大肚子或别的红蟹骑上它的背壳……

这是一片无遮无拦的开阔地，巉岩、砂砾、沙滩、礁石，大约有一百米之遥，直面天空。也许当初上苍造就它们，就是为了一年一度观赏这气壮山河的生命与大海的交融。

这一边，鲜红色的蟹潮，带着喧嚣，从密林中滔滔不绝地涌出，朝着蟹岛的东面、西面、北面宽阔的海岸线，倾泻而下，仿佛古老的火山口喷出的岩浆，排山倒海，气势磅礴；那一边，蔚蓝色的大海，仿佛脱缰的野马群，吐着白沫，发出咆哮，汹涌奔腾，践踏着礁石沙滩；白浪滔天，撞击着悬崖峭壁。

白云静止，空气凝固，树木僵直，连地球也不再转动。只有铺天盖地的红色蟹潮和蓝色海潮在聚拢，在汇合，在欢呼，在奏鸣，在绘制一幅奇丽壮观的彩图。

暮色苍茫时，独臂的队伍到达东海岸的沙滩。欢欣鼓舞，得意忘形，这支经历了九九八十一难的远征军，如同进入了极乐世界。当它们刚刚爬上湿润的沙滩时，便如醉如痴地紧贴在沙地上动也不动了。它们张开周身的鳃孔，甚至把大钳子和四双长腿也紧紧地贴在地面，拼命地吸吮着大海的乳汁，仿佛饥饿的婴孩咬住母亲的奶头。

久违了，你这温软潮湿的沙滩！

久违了，你这金黄色的襟怀！

过了很久很久，当干瘪的鳃肉又变得鼓胀，当焦枯的肢体又变得富有弹性，这些痴迷的红蟹才继续朝着海边前进。海边凸凹的礁石上有着一个个海浪冲出来的浅水池，水池里的海水能洗去污垢和疲劳。在较深的水池边上，它们交替将左半边或右半边身子斜插入水中，趴在那里久久地浸泡。在较浅的池塘，它们干脆就"扑通、扑通"地跳进去，翻来覆去地在水中打着滚。这支历经千辛万苦的远征大军，一见到哺育过它们的大海，就忘记了公路上的黑影、铁路上的焦臭和小溪边的残骸，甚至忘记了一切。海水如同生命之水注入它们体内，疲惫不堪的红蟹们，又变得生机勃勃、体力充沛。

雄蟹硬钳似乎无需恢复体力，它根本不留恋浅浅池塘的静静水波。当海浪叹息着退去时，它疾速地踩着浪的足迹前进，仿佛要追上去，抓住浪的尾巴。当海浪呼啸着卷土重来时，它又机敏地躲进礁石缝里，用两只像是虎钳一样的大钳子紧紧抠住礁石。白色的浪花冲过来，好清爽！好痛快！沉重的浪头砸下来，好刺激！好厉害！这是一年一度的机会，除了大海谁还有这种赐予？除了体魄健全的雄蟹谁敢有这种享受？一些来不及躲进石缝者，被冲上石岸，重重地摔下来；一些抠不紧礁石者，被卷入大海深处，永远不再返回，成为祭祀祖先的牺牲品。然而，这一切丝毫没有影响雄蟹硬钳的兴致，三次五次，十次百次，它总能够保全自己，从而获得无穷无尽的乐趣。

当尽兴而归、神采奕奕的硬钳回到池塘边时，它看见了正在舀水喝的雌蟹粉钳。它迅速爬过去，用坚硬的大钳子碰碰粉蟹的长腿，居然毫无反应。它又用钳子在粉钳的背上敲了一下，而对方只是朝旁边躲了躲，照样优哉游哉地舀水喝。硬钳静止了片刻，然后，侧过身子，猛地朝粉钳撞过去。只听到"扑通"一声响，粉钳便掉进了水塘。水很深，粉钳不再温文尔雅，而是仓皇失措地划着水，抓着石壁。而硬钳则若无其事地站在池塘边，探头看着，转动着眼睛，仿佛欣赏一场水中的游戏。

说起来，粉钳舀水喝的姿态实在是太惹眼，因为在硬钳到来之前，雄蟹飞毛腿已在旁边观赏多时了。此刻，见到粉钳落水，飞毛腿便毫不犹豫地将自己一只细细的长腿伸下池塘。粉钳像抓住一根救命绳似的，紧紧抱住，拼命地爬上来。眼看就要到达岸边了，只见硬钳又是猛地一撞，粉钳又是"扑通"一声，落入水中。待到硬钳转身想收拾飞毛腿时，后者已经逃得无影无踪。硬钳并不追赶，仍旧守在池塘边，仿佛要眼睁睁地看着粉钳溺死水中。

似乎决心和硬钳分个高低，飞毛腿在恢复了镇静之后，又执拗地朝池塘边踅来。这一次，它巧妙地绕到池塘的另一面，一边用红豆样的眼睛偷觑硬钳，一边又伸出一条长腿。

然而这时，粉钳已经耗尽了力气。

这一切被站在旁边的雌蟹紫背看在眼里，此时，它挪了挪身子，动了动眼睛，然后伸出一只紫色的大钳子，和飞毛腿一起，把粉钳拉了上来。

雌蟹粉钳很快镇定下来，重新变得温文尔雅。它用漂亮的粉钳碰碰飞毛腿，又转转眼睛，两只红蟹便双双转身爬开。于是，紫背也跟了上去，并企图和它们并排。但是，它刚刚爬了两步，粉钳和飞毛腿便一起转回身，恶狠狠地看着它，同时用大钳子敲击地面。就这样，卑微的紫背还是卑微的紫背，只好孤零零地趴在原地，再也不敢挪动半步。

雄蟹硬钳既没看见也没干预后来发生的一切，它那双红彤彤、亮闪闪的眼睛，正专注地盯着两米开外的雌蟹花点。花点自有它的乐趣。漫漫征程，出生入死，几乎把它迫害成一只邋遢丑陋的泥蛋儿。所以，它的当务之急，是清除污垢，恢复自己美丽的容貌。它先是仰面朝天地躺在一个浅浅的水池中，用大钳子撑，用长腿蹬，身子便在水池中旋转起来，飞溅的水花，交织成一个五光十色的花环。当它翻转身子时，不但甲壳重新像红玛瑙一样鲜艳夺目，就连那梅花似的白点，也像五颗钻石一般，大放光彩。接着，它又在水中直立起来，用一侧的长腿撑住池底，用另一侧的长腿仔细刷洗肚子上层层皱褶儿中的淤泥。

很难说，吸引雄蟹硬钳的是花点的熠熠光彩，还是它的怡然自得。反正，硬钳是雄赳赳气昂昂地朝花点爬了过来。很难说，花点是否看见了硬钳，它竟有意无意地和硬钳兜起了圈子。硬钳靠近，它就爬开；硬钳站住，它也歇脚；硬钳下水，它就上岸；硬钳上岸，它又下水。就这样，不远不近，不紧不慢，牵着硬钳转圈圈，足足转了十多分钟。当硬钳终于按捺不住，没头没脑地向它猛冲过去时，花点却一下子躲到了雄蟹独臂的身后。它用红玛瑙一样的大钳子乖巧地抚摸着独臂的后腿，像是讨好独臂，又像是戏弄硬钳。

独臂一动不动，享受着美丽的花点的抚弄。其实，水塘边发生的一切，它早已尽收眼底。然而，自打从沙滩来到海边，它就安安静静地趴在这浅浅的池塘里，再也没有挪窝。它实在是太疲惫了，浑身的筋骨仿佛散了架似的，拾不起个来。况且，丰富的经验告诫它，决不能像那些年轻力壮的雄蟹一样，无端耗费精力。目前，它的最佳选择，就是养精蓄锐，保存实力。

当然，在乖巧美丽的花点寻求保护、怒气冲冲的硬钳企图挑衅的时刻，老雄蟹独臂则不能不拿出首领的威风。它轻轻地晃了晃巨大的独臂。以往，仅此一举，就有至高无上的威慑力。但这一次，硬钳竟昂首挺胸，纹丝不动，没有半点惧怕。是看出了老独臂的疲惫不堪，是被花点气昏了头脑，还是从它的体内滋生出一股野性的冲动？它就站在独臂的对面，两只红彤彤的眼睛像两块燃烧的火炭，直盯着老独臂的那一双同样是红色、比它的大、却没有它的亮的眼睛。

花点似乎感到了空气的凝重，不声不响地从独臂身后溜走了。周围的蟹群也停止了嬉戏打闹，呆呆地注视着这僵持不下的一对：一只大些，深红色背壳上散布着浅浅的白斑；

一只小些，通体鲜红，散发着勃勃生机。若不是夜幕迅速降临，遮住了那些大的、小的、亮的和不太亮的红色眼睛，说不定还真有一场恶斗呢。

黑夜像一服镇静剂，抑制了日间的怒火和欢乐。星罗棋布的远征大军，卧在浅水里，趴在石岸上，或是聚在沙滩地，很快就睡熟了，甚至来不及做个梦。这些风尘仆仆、连日兼程的小生命，终于如期赶到了海滩。淡淡的星光，如盘的满月，湿润的季风，温柔的海浪……这一切都是繁衍子孙的最佳征候。这些披坚执锐、一刻也不安宁的小斗士们，在经历了多少个生生死死的白天，多少个心惊胆战的夜晚之后，终于来到了祖先的圣地，能够安安心心、无忧无虑地睡上一觉了。假如可能，它们就会这样昏昏沉沉地睡上几天几夜。然而，造物主安排给它们的休息时间太少太少，生命的车轮将载着它们永无休止地转动转动……

黑夜如匆匆过客，转瞬便消失了踪影。当天边出现第一抹鱼肚白时，那些铺着地、盖着天的小生命，立刻停止了酣睡，它们对于亮光，就像对于雨水一样反应灵敏。况且这又是一个十分特殊、极其重要的清晨。

这真是一场奇怪的运动。所有的雄蟹爬下沙滩，所有的雌蟹集中在礁石水塘，两军对垒，阵线分明，莫非真的要决一雌雄？

不然。只消片刻，礁石水塘上的雌蟹就趴在那里不动了，似乎要睡个回笼觉，又似乎在居高临下观风景；而沙滩上的雄蟹，却像散兵线一样迅速拉开。一时间，沿着小岛的东面、西面、北面的宽阔沙滩地上，布满了红色的圆点，每平方米就有两个。远远看去，就像是摆了一地的围棋子。

一旦划好地界，雄蟹们立刻开始了紧张的工作。它们奋力地用两只大钳子，用四双长腿，朝着温软潮湿的沙地挖下去。它们要在这平静安宁的地方，为自己挖出一个娶亲的洞房。

有什么比娶新娘更富于诱惑力呢？沙滩上的泥瓦匠们，使出了浑身的解数，又刨又挖。碰到丝丝网网的东西，就撕碎；碰到大大小小的贝壳，就舀出去。很快，一个倾斜的洞穴便向着潮湿的沙地内部延伸开了。这时，工程进展更加艰巨，也更费时间了。然而，沙滩上的泥瓦匠们却丝毫不肯懈怠。只见它们用大钳子像推土机一样把脏土推出洞口，又匆匆忙忙地钻进洞去，几乎没有片刻停留。不过几个回合，洞口的沙土脏物便堆成了小山，显示着地下洞穴的深度。

不到一个时辰，平坦坦、齐展展的百里沙滩地，便筑起了密密麻麻、数不清的洞房。简直难以置信，这些不起眼的小东西，竟会有如此巨大的创造力。

雄蟹飞毛腿占据了一个十分有利的位置。这里离海边较近，又有悬崖遮阴，柔软湿润，幽暗恬静。飞毛腿挖起洞来也颇为迅速。它的四双长腿，简直就是八把长锨，此起彼落，沙土飞扬，不一会儿就在洞口堆起了一座小山。它似乎决心要为它的新娘准备一间最舒适的洞房。只见它进进出出地推啊运啊，精精细细地刨啊挖啊，很快就建筑起一个长一百厘米，深三十五厘米的大洞。最后，它在宽敞的洞房里舒舒畅畅地翻了几个跟头，这才心满意足地爬出了洞口。一般来说，位置最好，洞穴最大，就会招来最美丽的雌蟹。

蓬头垢面、浑身沙土的飞毛腿，趴在自己的洞口，一动不动，仿佛在欣赏自己的杰作，又仿佛在喘息休憩。不用说，打一睁眼就忙乎到现在，也真够它受的。可就在这时，一只红蟹横插进飞毛腿和它的杰作之间，一面用宽大的甲壳堵住洞口，一面朝飞毛腿挥了挥大钳子。那神情仿佛在说：对不起，这洞归我了。

又是横行霸道的雄蟹硬钳，天知道它是从哪里爬出来的。

它好像天生就是个喜欢不劳而获的新郎官，甚至用不着对泥瓦匠飞毛腿道个谢或说声辛苦。

飞毛腿显然无法容忍，它立即竖起身子，抖落一身沙土，握起两只大钳子，一只护卫着自己的头部，另一只发动进攻。起初，雄蟹硬钳只是守在洞口，用另一只钳子拦挡着飞毛腿的袭击。但很快它就被激怒了，它也竖起身子，将两把大钳子握成两个大拳头，交替着向飞毛腿猛烈还击。很快，飞毛腿便招架不住了，频频向后退去，足足离开洞口有七八米远。这时，就听见"咔嚓"一声，飞毛腿的一条长腿被硬钳的大钳子搋断了。飞毛腿再也不敢恋战，拖着一条伤腿一溜烟逃跑了。硬钳也不追赶，只是耀武扬威地重新回去占领阵地。不料，飞毛腿竟抢先一步，也回到了洞口。不过，看它那惊慌失措的样子，显然并不打算再次发起进攻。

它只是趴在地上将伤腿从根部折断，这样才有可能迅速萌生出新的长腿。然后，它就那样呆呆地望着自己辛辛苦苦构筑起来的洞房，望着虎视眈眈守在洞口的硬钳。这个可怜的泥瓦匠，足足待了好一会儿，才接受了眼前的事实，彻底明白回到这里已毫无意义。

飞毛腿转过身去，尽管只剩下七条腿，它仍然爬得十分敏捷。它转动着两只红彤彤的眼睛，巡视着沙滩上密集的洞口。它在寻找比它更弱小的雄蟹。既然这是一个弱肉强食的世界，它为什么不能靠暴力去弥补自己的损失？

也许造物主赐予的世界实在是太小了，这绵延几十里沙滩，这密密麻麻的洞穴，竟无法如数容纳所有的雄蟹。几乎在硬钳撵走飞毛腿的同时，沙滩上的每个洞穴口，都发生了战斗。这是一次全面的战争，几乎没有一只雄蟹能够置身事外。辛辛苦苦挖出的洞穴难免被巧取豪夺，而凭暴力占有的洞口又难免招来更有实力的挑衅者。在这里，没有临阵逃脱者，此战场的败将难免不是彼战场的胜利者。在这里，没有苟且偷生者。假如生命如此软弱，又凭什么穿越公路与铁路？可叹几十里洞房林立的沙滩，转眼变成了金戈铁马的战场；可怜数百万喜气洋洋的新郎官，瞬间变成了杀气腾腾的战将。沙滩上，钳子和背壳的碰撞摩擦声，长腿的折断声，铿锵有力，惊天动地，几乎盖住了海浪的喧嚣。这是一场持久的消耗战。这些背水一战的勇士们，要么短促出击，要么夺路而逃，要么再次寻衅，绝没有片刻停歇。假如有谁趴下不再站起，那就表示它已经耗尽了全部生命。

太阳升起来了，黄澄澄，亮堂堂，圆滚滚，仿佛在鸣金收兵。曾经使红蟹们避之唯恐不及的阳光，斜斜地倾泻到沙滩战场上。那些杀红了眼的斗士们，已经失去了控制力，完全成了造物主手中的玩物。不论烈日酷暑会带来什么后果，也不管它们愿不愿意，都必须把这场对位的游戏进行下去，直到沙滩上的每一个洞口，不多不少，只剩下一只雄蟹为止。显然，阳光的参与使持久战变成了速决战，水分的蒸发迅速消耗着交战双方的实力。胜负成为转眼间的结局，而死亡却像瘟疫一样横扫千军。要不了多久，沙滩上数百万个战场便结束了战斗，伤痕累累的胜利者们开始清理战场。

但是，在海边悬崖旁，雄蟹飞毛腿挖出的洞穴旁，却仍有一场鏖战。似乎战争是从这里开始的，也应该在这里结束。雄蟹硬钳不愧为一员骁将，居然从始到终牢牢地守住了这个得天独厚的地方。洞口横陈着三只雄蟹，一只仰面朝天，两只趴着。每一只的背壳都比硬钳大上一圈，然而却无一幸免，都成了硬钳的手下败将。现在，硬钳又在进行第四次保卫战。显然，这是最艰苦的一次，由于阳光越来越热烈，也由于对手不可藐视的强悍。两只红蟹都直立起来，互相用大钳子死死抱住对方眼睛周围的甲壳，头碰头地搭成一个"人"字。坚硬的钳子在坚硬的背壳上摩擦着，发出"咔咔咔"的响声，划出一道道伤痕，甚至冒出金色的火花。但任何一方都不肯有丝毫的放松，在这种势均力敌的搏斗中，不要说片刻的喘息，哪怕稍有疏忽，也会遭到对方的痛击，而使全身上下唯一没有藏在甲壳里的眼睛蒙受损失，何况眼睛是不可多得又不能再生的。两个决斗者就这样头碰头紧紧地抱着，在沙滩上，艰难地、执著地、没完没了地转起了圈圈。

忽然，硬钳感到对方用大钳子闪电般卡住了自己左钳的根部，接着便是"咔嚓"一声，硬钳的左钳便连根部一起滚落到沙滩上。这真是十分狡猾的一招，攻其不备，出其不意，从精神上就先胜硬钳一筹。看来，折肢加上慌张，硬钳已难挽回败局。但就在这时，老奸巨猾的对手却突然撒手，颓然倒地，放弃了胜利。硬钳根本来不及搞清是怎么回事，由于阳光的直射，它的身体也几乎被烤干了。幸亏，这里离海边近，它竭尽全力冲进一个池塘，卧在里面，就像死去一般一动不动。当如同生命的盐水重新把硬钳的身体灌注得圆滚滚、胀鼓鼓时，它又变得生机勃勃了。它很快从池塘中爬出来，毫不犹豫地回到自己的洞口。它虽然少了一只大钳子，但周身上下红彤彤的，油光锃亮，还真有点新郎官的派头呢！硬钳开始打扫战场。它先把洞口那三只雄蟹拖到土堆旁，最后对付那个险些使它丧命的老家伙。可是，当它靠近那只老雄蟹时，突然愣住了。它看见了那只巨大的熟悉的钳子，那只曾经无数次威严地敲击地面、指挥千军万马的钳子。硬钳拼命地转动两只红彤彤的眼睛，接着便一点点朝后退去。它停在一米之外，紧张地注视着，雄蟹独臂像活着一样趴在地上，那只大钳子支在地面，撑住身体，似乎随时准备发布命令。

几分钟后，硬钳绕到独臂身后，用大钳子小心翼翼地碰一下独臂的后腿，随即马上躲开好远。如是三番，独臂毫无反应。于是，硬钳又绕到独臂的正面，同样是小心翼翼地碰一下那只大钳子，再马上闪开。反复几次，独臂仍然是无声无息。接着，硬钳将独臂翻了个身，独臂便仰面朝天地躺着，两只红色带黑点的眼睛直勾勾地凝视着蓝天，像相思豆一样令人忧郁。硬钳又将它翻转过来，它便又那样威风凛凛地趴着，恢复了生前的神气。

停了片刻，硬钳重新离开一米远，然后侧着身子，绕着独臂转起圈子来。转了一圈又一圈，无休无止。天知道这究竟是一种独特的祭奠，还是特别的庆祝。直到岩石上、水池中的雌蟹们纷纷出动，到沙滩上的洞房前寻找自己的配偶；直到美丽的花点，带着闪着钻石般的光彩来到它的面前，硬钳才如梦初醒，停止了转圈。它立即向花点威武地挥动着剩下的那只大钳子，接着便双双对对入了洞房。

这时，我们在离海边稍远的沙滩上，还看见了雄蟹飞毛腿。显然，它在战争中也是胜利者。它也靠武力争夺了一间洞房，虽然很小，但它凭着自己剩下的七条腿，很快就把洞房修理得又长又深又宽大。在洞口的土堆旁，有几只比它小些的雄蟹，差不多都被它挖出来的沙土埋没了。

飞毛腿还来不及清理掉身上的沙土，粉钳便优雅地侧着身子爬了过来。天知道，这只温文尔雅的漂亮雌蟹怎么会从千军万马中选上了这个蓬头垢面、浑身沙土，还丢了一条长腿的家伙。是感念前一日的救命之恩，还是看中了宽敞舒坦的洞房？不一会儿工夫，几十里沙滩上，不再有一只爬动的红蟹，只剩下遍地殉情而死的蟹尸，渐渐地，被海风和骄烈的阳光焚化成一道道青烟，一起送进缥缈的天堂，就连功勋赫赫、至尊无上的雄蟹独臂，也绝无两样。

这是一个美丽的夜晚，和谐、温馨、宁静。

然而，月夜里却传出一种奇异的声音，一阵阵痛苦的哭叫，来自海边悬崖脚下的阴影。

这是一个阴柔的世界。密密麻麻挤在一起的是清一色的母性。那些曾经叱咤风云、英姿勃发的雄蟹们，早在十二天前就返回森林去了，走得如此匆匆忙忙，如此无牵无挂。也许是担心雨林中的层层落叶旷日持久无人清扫？也许是放心它们的配偶能独立承担起生育的使命？总之，它们一交配完就走了，把它们的新娘孤零零地甩在宽大的洞房里。

十二天，雌蟹们待在洞中，不吃不喝不动，像虔诚的教徒，祷祝着新的生命的诞生。日间，当一场大雨把它们召唤出洞时，一个个已变得体态臃肿，圆滚滚的肚子凸出来，它们的四双腿，就像八根柱子一样支撑着那个沉甸甸的大肚子。雨点砸下来，它们稳稳地用甲壳抵挡；海风吹过来，它们不时调整脚步。打眼看去，就像一个个玲珑剔透、红玛瑙雕刻的小小风雨亭。

骤雨初歇，斜阳复照，负重累累的雌蟹开始向海边的悬崖下聚集。这时八条腿又成了四对拐杖，小心翼翼地交替，艰难困窘地移动。近在咫尺的悬崖，成了漫漫天涯路，而大片大片的暗影和背阴处，又显得格外狭窄局促。它们一个挨一个挤在一起，每平方米就有一百只红蟹。它们仍旧支撑着身体，八条腿又像篱笆一样卫护着吊在胸前的大肚子免受外来的撞击。这些贵重而又沉重的大肚子几乎每时每刻都有变化，而这每一次变化都会给它们的负担者带来难以忍受的痛苦。于是，这些痛苦不堪的雌蟹便发出了"叽叽哇哇"像幼鸟哭叫一样的喊声。你简直无法相信，这就是闷头闷脑、横冲直撞的红蟹发出的声音，正如同不信哑巴也会说话一样。然而，你却不能否认这一事实，在这种特定的地点和时刻，它们痛苦地喊叫着，让凄楚的混合声在空旷的海滩上萦绕不绝。它们并不期待任何同情和帮助，它们的配偶，那些早已回到密林乐园中的雄蟹，经过一天的忙碌清扫之后，正趴在自己的洞穴中，做着甜蜜的梦；它们也不企求改变自己的处境，既然造物主将生育的机能赋予了雌性，它们就必须忍受。它们在喊叫，为了痛苦的释放而不是转嫁，唯其如此，这叫声才如此肆无忌惮，歇斯底里。

这撕心裂肺的叫声，这痛快淋漓的叫声，震颤着海上的碎银，暗淡了沙滩的黄金，撕裂着空中的纱披，凝成一团团浓重的云雾，吞食了天空那弯亮晶晶笑眯眯的眼睛。

起风了，是大海忍不住的呜咽；涨潮了，是大海拦不住的泪水。分娩的时刻来到了，让不堪忍受的痛苦化作不计其数的新生命！

雌蟹粉钳一直和美丽的花点挤在一起，它似乎显得比花点更为痛苦，它那八条支撑身子的腿，几乎不停地来回移动，甚至在瑟瑟发抖。它的肚子胀得太圆太大，致使它不得不踮起脚尖站立。现在，当第一阵潮水在岩石上撞击出白色的浪花时，它甚至腾不出大钳子去敲击地面，只好用背壳撞了撞花点。然而，比它大两岁的花点只是朝旁边挪了挪，显得格外沉静。于是，它又用力地撞了一下。这回有了反馈，花点也毫不客气地撞了回来。好厉害的一撞，本来已经战战兢兢的粉钳，一个趔趄，差点摔个脚朝天。于是，粉钳不再理睬花点，独自拄着四双拐杖，步履维艰地向海边移去。

雌蟹紫背也在向海边挪去。起初，它十分紧张，时走时停，随时准备承受莫名的打击，保护自己的大肚子。然而，这一回，尽管它的前后左右布满了红蟹，却没有谁去碰它。也许是星光黯淡，颜色模糊；也许是自顾不暇，懒得生事。于是，紫背不再孤独，也不再卑微，俨然一副普通红蟹的样子，混在黑压压的大队伍里，奋力地爬行起来。但是，当它终于到达吐着白沫的海边，看到成千上万只红蟹正在互相拥挤碰撞，力争一块分娩的海滩时，却停住了。它呆呆地站在那里，惊悸地转动着两只紫幽幽的眼睛。很久很久，直到强劲的海风吹得它瑟瑟发抖。接着，它竟转过身，仍然踽踽地朝着悬崖下爬了回去。这只可怜的雌蟹，毕竟孤独惯了，卑微惯了。

粉钳是最先到达水边的一批，但它并不像别的雌蟹那样，趁着头一趟浪潮就钻进水花，立起身子，鼓起肚皮，猛烈地摇晃，把数以万计的蟹子伴着痛苦一起解除。这只温文尔雅的粉钳，不慌不忙地站在水边，用十分优雅的姿势舀水喝。接着，它又转过身去，让海水把背壳上、腿缝间的沙土冲洗得干干净净。最后，它才面向大海，直立起来，把两只粉钳高高地向空中舒展开去，准备完成最后的使命。然而，就在这时，粉钳的背壳受到了猛烈的撞击，使它完全失去了重心。几乎同时，一个大浪打来，像一只巨手，轻轻抓起粉钳，就抛进了几十米外的深海。

粉钳是被它的伙伴撞进海里的，这只太重仪表的雌蟹，在这里占据的时间太长了！这绵延数十里的海岸线，又怎么可能让数以百万计的雌蟹，一线排开而不互相拥挤？当每一次海浪打来的时候，有细密如沙粒的蟹子被高高举起，也有斑斑点点的躯体随波远去。这狭窄的世界，这拥挤的生命，即使在从事分娩的庄严时刻，也逃不脱物竞天择的悲剧。

雌蟹粉钳并没有马上死掉，它的肚子里还有那么多不曾出世的生命。它拼命地划水，竭尽全力地摇晃身子、鼓动肚子，在海水里沉浮着、翻滚着、挣扎着。这时，在深蓝色的海面上，已不再有温文尔雅风度翩翩的粉钳，只剩下一个痛苦的灵魂。当一团团亮晶晶的蟹子从水中浮起、在它的周围织出一幅美丽的锦缎时，鞠躬尽瘁的雌蟹粉钳，这才摊开长腿，无声无息，无牵无挂，像一块石片，飘飘荡荡地向海底坠去。

遗憾的是，在远离岸边的深海，粉钳的这些后代可以孵化却无法生存。也就是说，它们或者成为水中鱼虾的食物，或者成形后被淹死，将不会有一只小粉钳或小飞毛腿回到蟹岛上的密林。

这是个奇特的早晨。东边的海面堆积着重重的乌云，而西边的蟹岛，那巉崖高耸的陡岸，却浑身披挂着绚丽的彩霞，映红了海水，映红了天空。

这是个难得的好天气，风轻，浪小，水柔。当早潮涌来的时候，悬崖边那一堆堆负重累累的雌蟹，不再拥挤，不再骚动，渐渐地疏散开来。一部分仍然向海边拥去，要么挤出一块有限的空间，顺利分娩；要么被撞进浪头，连它们的后代一起葬身海底。而另一部分，而且还是一大部分，却朝着高高耸立的悬崖绝壁爬去。你简直难以相信，这些在沙地上都步履蹒跚的雌蟹，怎么可能爬上那八米多高的陡壁。这时，它们的八条腿又成了四对弯钩，不遗余力地抓住石缝攀登，不失时机地利用石凹喘息。这时，它们的肚子变得极其沉重和多余，坠得它们几乎移不动身子，迫使它们只能用爪尖接触石壁。然而，恰恰这时，它们反倒是显得格外坚忍沉着：宁可艰难地僵直了腿，也决不肯压迫自己的肚皮；宁可一毫米一毫米地向上蹭，也绝不会在石凹中驻足。

像黏稠的油彩，在艰难、滞重地涂抹。终于，当第一批雌蟹爬上悬崖绝顶时，绵延几十里的海岸线，便成了一个红彤彤、亮闪闪的世界。这些伟岸挺拔的悬崖，曾经黑森森、阴沉沉，令人生畏，现在被逗弄得红光满面、神采飞扬。这些饱经沧桑的峭壁，曾经千疮百孔、老气横秋，此时又一年一度地变得青春焕发、生机勃勃。

无法考证，那第一个放弃拥挤的海边、去攀登陡峭的石崖、而终于在八米高的悬崖顶上甩子成功的雌蟹是谁，发生在什么时候。但是，只要有一个先驱者的成功，就会有世世代代的追随者。尽管这样做并不意味着安全或轻松，但却开拓了新的生存方式，增加了及时分娩的可能。

雌蟹花点便是这些追随者中的一个。悬崖的上部像跳台一样向海面延伸，花点就正朝着跳台的顶端爬去。能爬到这里，确实不易。一路上，它亲眼看见身边多少个伙伴失足掉下悬崖。而它自己又有多少次仅凭一只大钳子顽强地抓住一株小草或一道石缝，才死里逃生。其实，它完全可以在悬崖的三米、五米或七米的高处，找到一个凸出的石块，卸下这个时刻危及自己生命的包袱。但是，它没有驻足，继续颤颤巍巍地朝跳台的顶端爬去。那里是分娩的最佳位置，只有从那里甩下的蟹子，才有可能全部落入水中孵化，而不会掉在岸上或礁石上风干。花点就这样不停地爬着，这只被雄蟹们宠惯了的美丽的雌蟹，这次完全在自力更生。这里不会有大壳背它渡过难关，也不会有独臂保护安全。如果它依赖外援，无异于坐以待毙。在它的前后左右，乃至整座悬崖、整个海岸线上的雌蟹，都在靠自己的努力，不论是否受宠、是否美丽，也不论年龄大小、经验多少。和它们中的大部分相比，花点还算是佼佼者，毕竟它年轻力壮，又有过两次在悬崖上甩子成功的经历。现在，它马上就要到达跳台的顶端了，是否又意味着第三次的成功？雌蟹紫背始终跟在花点的后头，花点快，它也快；花点停，它也停。现在，当它们终于爬到跳台的顶端，花点也终于占领了一块突出的好位置时，紫背便卑微地缩在一边，耐心地等待着花点分娩之后，能够把那块地方让给它。

　　成功的时刻终于来临了。雌蟹花点面对大海，伫立崖端，庄严、郑重，仿佛在向整个世界展示母性的骄傲和不可战胜。随着一阵阵颤抖、一次次排挤，十万粒亮晶晶的后代排了出来。起初，是一团团地向悬崖下坠去。接着，便在空中飘散开来，化作一片片纷纷扬扬的红色细雨。于是，阴霾的天空因之灿烂，磅礴的大海因之逊色。世界上真有这样勇敢的生命——刚刚离开母腹，未曾睁开眼睛，甚至还没有发育成形，就毅然从八米高的悬崖上跳下来，接受海的洗礼。

　　作为十万个勇敢的小精灵的母亲，花点那红彤彤的甲壳更加闪闪发亮，那五颗钻石般的白点更加光耀无比。当那只胀鼓鼓、圆滚滚的籽箱，终于被排挤得空空荡荡、重新紧紧地贴在肚皮上的时候，它感到了前所未有的轻松。于是，它猛然一转身，准备翻上悬崖，返回密林。然而，就在这一转身的工夫，它受到了猛烈的撞击，不是石头，而是它那个形影不离的跟随者，那只卑微地缩在它身后的雌蟹紫背。

　　说不清它们到底是谁拉了谁一把，霎时间，两只雌蟹便手拉手地从悬崖上飘落下来，像两只翩翩的蝴蝶。接着，它们很快便解体了。紫背虽然比花点小些，但它的腹中有十万个勇敢的小精灵，迫不及待地坠着它们的母体，抢先一步向大海冲去。

　　花点没有死，它的运气总是好得令人吃惊。当它飘飘扬扬地仿佛从天而降时，涨潮及时赶来，垫在粗糙的礁石上，免除了一场粉身碎骨的悲剧。而当两块宽大的礁石把它牢牢地挡住时，落潮又匆匆退去，留下一片干岸，供它爬上悬崖逃命。

雌蟹花点终于爬上了浪打不到的地方。惊魂失魄，精疲力竭，它在一处石凹里趴下来，享受着分娩后的安宁。

花点的脚下，几乎看不到蔚蓝的海水、雪白的浪花，随着潮涨潮落的，是生机勃勃的蟹子和支离破碎的尸体。生与死在这里融为一体，简直无法分离。

花点的头上，是飘飘扬扬的红色细雨，是失足、坠毁，是甲壳撞在岩石上的粉碎。生与死在这里交接更替，无声无息，却触目惊心。

究竟是生的浩繁才导致死的难免，还是死的难免才必须生的浩繁？

雌蟹花点重新向悬崖上爬去，无论如何，它总要趁着雨季，赶回自己的密林，安居乐业，享受那里的落叶、花果、洞穴，还有伙伴们的打闹逗趣。和别的负重累累的雌蟹相比，花点爬得格外轻松，但它爬不了几步，就要停下来，侧过身，转过头，四顾寻觅。它在找那个紧追不舍的影子，那个险些使它丧命的小冤家。

然而，花点失望了，那个卑微的雌蟹紫背，将永远不再追随花点而行了。

大海上，和悬崖跳台的顶端遥遥相对的地方，有一块孤零零的高耸的礁石。不偏不倚，紫背就正好落在它上面。礁石的尖端像利剑一样扎进了紫背饱满的大肚子，那些亮晶晶的蟹子，缓缓地流出来，就像黏稠的血液，染红了礁石。这些急于降生的小精灵，一些被海水冲走，获得了生的希望；另一些却被海风吹干，贴在礁石上，陪伴它们的母亲。

紫背头朝下，插在礁石尖顶，它的两只紫色的大钳子朝下伸直，仿佛在挣扎着向海里爬去。它的两只红豆样的眼睛大睁着，仿佛要亲眼看到它的后代获得生命。这只生前是那样卑微的雌蟹，死后，却像一座雄伟的纪念碑，高高耸立在大海中间。

这里是雌蟹紫背的世界，是任何红蟹，不论是最美丽的花点，还是最凶悍的硬钳都无法企及的世界。在这里，它不再孤独，有浪的歌唱，风的抚慰，月的圆缺，星的闪烁；在这里，它不再胆怯，没有强者的威吓，没有弱者的躲避，没有未来，没有过去；在这里，它不再卑微，它不可一世地巍然挺立，聆听着悬崖下潮涨潮落的回旋，鸟瞰着世界上的死死生生、风风雨雨……

六天之后，完成了繁衍使命的雌蟹，全部撤离海岸，返回它们的密林乐园。一阵海风吹过，峻峭的悬崖重新变得苍老丑陋，森严可畏。一场大雨浇注后，几十里沙滩重新变得平平坦坦、金光闪闪。不见了尸骨残骸，不见了洞房林立，似乎这里根本就不曾有过喜怒哀乐和生死相搏，那曾经惊天地泣鬼神的一切，不过是一场了无烟痕的春梦。只有浩浩瀚瀚的无边大海，只有朝朝暮暮的潮涨潮落，只有天高云淡、风清雨浓，只有阴晴圆缺、星光闪烁。周而复始，绵长的海岸线排遣着永恒的单调和寂寞。

不过，假如你走近海边，就会有新的发现。在蓝天白云之下，在汹涌澎湃的海浪边缘，仿佛花仙子催动着花事，一下子，竟开放出千千万万鲜红鲜红的花朵。像玫瑰，像芍药，像牡丹；像闻所未闻见所未见的神奇。在浪尖，它们凝聚成十厘米大小的球体，像含苞待放的花蕾；在浪谷，它们又扩散成方圆五十厘米的平面，像怒放的花朵。就这样，随着浪的起伏，潮的升落，它们聚而散，散而聚，合而开，开而合，日复一日，片刻不停，仿佛在不知疲倦地演示着一个古老而又朴素的道理，又仿佛在不遗余力地展示着造物的奇妙和壮丽。然而，假如你再仔细观察，就会发现，造就这奇妙和壮丽的，正是那些小如米粒或大如黄豆的红蟹的幼体。被永恒的单调和寂寞所掩盖的，正是同样永恒的生命的拒死求生的斗争。和浩瀚的大海相比，这些红蟹的幼体真是太渺小了，甚至不如一滴水珠。我们用肉眼不但看不见它们的肢体，也分不清它们的个数。简直不可思议，这些悬浮在海面上的微小颗粒，怎么可能不被卷入深海？而那些生育了它们的母亲，又怎么能够放心大胆、扬长而去？

　　这些红色的小颗粒，正像它们刚出母腹就被甩下八米高的悬崖一样，别无选择。没有庇荫，没有援助，甚至没有经验的传授。只有本能，拒死求生的本能，陪伴它们与海浪搏斗。它们互相靠拢，手拉手，肩挨肩，紧紧地抱成一团。于是，点变成了面，微粒变成了拳头。浪来了，咆哮着把它们高高举起，它们抱得更加紧密，一息尚存便不肯分离；浪去了，恶狠狠地将它们摔得四分五裂，它们立刻就近靠拢，重新抱紧。每一次潮的汹涌，都会有千千万万个颗粒被卷走、吞没；而每一次浪的起伏，又会有万万千千个新的组合。在这里，没有强悍和孱弱，没有高贵和卑微，没有美丽和丑陋，不分家族，不分大小，不分先后。只要是红蟹的后代，就会毫不犹豫地手拉手，肩并肩，生死相依，患难与共。在这里，改变渺小的唯一方式是精诚团结，抗拒死亡的唯一途径是依靠集体。如果有谁违背这个原则，哪怕只有一分一秒，不论主动还是被动，便会无一例外被卷进深海，死无葬身之地。

在这场惊心动魄、力量对比悬殊的搏斗中，生命显得如此纯洁、真诚、友爱、坚忍和自强不息。难道只有当渺小抗拒强大时，才会如此完美？

于是，风感动了，频频向着岸上吹来，抵消着浪的吞没；于是，浪也感动了，变得温柔轻慢更近乎情理。这时，我们想起了那些来去匆匆的雄蟹和雌蟹。毕竟，它们为自己的后代选择了一个风和浪都容易感动的时间和地点。

经过二十五个日日夜夜的阴阳更替，经过一而再，百而千，千而万次的海浪冲击，这些红色的小颗粒，不但没有被拆散吞没，反而在手挽手的搏击中孵化成长，终于由卵子变成了小虾样的幼体，又由幼体变成了肢体健全的幼蟹。这时候，这些亮晶晶、橘红色、周身透明的小家伙便开始登陆了。转眼之间，海边大大小小的礁石、深深浅浅的水池都被染红了。绵长的海岸线，仿佛系上了一条绚丽多姿的红飘带。这些刚刚获得生命的幼蟹，虽然只有红豆粒那么一点点，然而，凭着千倍万倍于它们父母的数量，仍然具有浩浩荡荡、沸沸扬扬点染江山的气势。

这是一次红色和蓝色的分离，没有排山倒海，没有惊天动地，只有一堆堆橘红色的幼蟹相依为命，挤在一起。开阔的海岸线上，到处是花团锦簇，绣球滚动。十有八九的幼蟹不是在沙地上行走，而是重重叠叠地堆在同伴身上，争先恐后，连滚带爬。一时间，曾经使父辈们不顾路途艰辛，不惜付出惨重牺牲而奔向的大海，曾经以如同生命般的盐水孵化它们成形的大海，突然变成了无底的深渊、凶残的恶魔，使它们逃之唯恐不及。

大海愤怒了，咆哮着伸出一只只白色的手，去追拿那些胆大妄为的忤逆。

大海伤心了，呜咽着飞洒一滴滴泪珠，去挽留那些忘恩负义的畜生。

然而，橘红色的小生命仍然像一条火龙，抱成一团，拧成一股，毫不停留地朝着沙滩高地滚走、滚走，一直滚到大海再也无法波及的地带。红色和蓝色就这样彻底分手。

苦海无边，回头是岸。循着父辈遗留下的蛛丝马迹，一个新奇的世界展现在这些小生命的面前。

这金黄色的沙粒，多么安全，踩上去，结结实实；爬过去，平平展展，哪里像海里的波浪，反复无常，起伏不定。这开阔的高地，多么宽敞，尽管有千条万条火龙滚动，也还有许多空闲，哪里像海边的礁石，拥挤得腿都伸不开。

既然这是一个安全享受的世界，为什么还要没完没了地纠结在一起？为什么不放松放松，舒展舒展？于是，挽紧的手松开了，抱紧的团疏散了。架在上边的，急于下来，占一席沙地；压在下边的，忙着爬开，多一块空间。

可是，要把这一团乱麻似的胳膊和腿解开，要让这亿兆只幼蟹全部脚踏实地，背朝蓝天，仅凭这些甲壳不足半厘米、腿脚细得像草根的小生命自己去努力，简直是难于上青天！

只见沙滩上，一条条火龙不再朝前滚动，而是一起一伏，甩头摆尾，扭来扭去，仿佛被抽了筋似的。这些不安分的小生命，当初是生生死死也要抱成一团的，如今却是死死生生也要分手，不论花多大代价，费多少周折，受多少痛苦。

风看不下去了，吹来了云。云看不下去了，降下了雨。大雨倾盆，化成一股股水流，索性把那垂死挣扎的火龙碎尸万段，以结束痛苦，求得超生。

信不信由你。当风停雨住之后，你将看到一个神奇的世界。金黄色的沙滩不见了，环绕整个海岸线、足足有二百米宽的海滩高地，全部变成了红色，平展展、鲜灵灵的红色。仿佛天边落下的彩霞——绚丽夺目，仿佛神仙织就的地毯——舒适柔软，更像大雨催生出的红色草坪，毛茸茸的，一派生机勃勃。脚下是蔚蓝色飘逸的罗裙，头顶是翠绿色摇曳的花冠，腰间再系上这条橘红色的彩带，六千万岁的蟹岛，几曾有过这样的风采？苍鹭飞来了，扇动着翅膀，翩翩起舞。画眉飞来了，歌声婉转，悦耳动听。就连密林里那些平时难得露面的蓝蟹、贼蟹、鬼蟹、黄蟹、斑点蟹们也都跑了出来，守在密林边高接远迎。

造就这个神奇世界的小生命兴奋了，橘红色的背壳更加闪闪发光。谁又能相信，它们比它们的父母更具有装点江山的才能。

就在这时，苍鹭落下来了，不再扇动翅膀，而是伸出长长的尖嘴，将那些橘红色的小生命撮进肚子里，一撮就是几十个。画眉也落下来了，不再啼啭，而是东一嘴西一嘴，鸡啄米似的一啄就是十几个。更可怕的是那些聚集在密林边上的蓝蟹、贼蟹、鬼蟹、黄蟹、斑点蟹们，这时也蜂拥而上，挥起它们大大小小、形形色色的大钳子，就像从小河里舀水喝一样，贪婪地畅饮着红色的蟹流。

天昏了，地暗了，新奇的世界危机四伏，神奇的世界充满恐怖。出于本能，红色的幼蟹在躁动、分裂、躲闪、逃命。可是，这些爪无尖锐、背无硬壳的小东西，又怎能逃得脱？如果说，海上只有一种危险，岸上的威胁又何止千种万种？如果说，海浪也有感动的时候，这一群群穷凶极恶的食蟹动物又何曾有半点恻隐之心？后悔已经晚了，从海水里苦挣苦熬保存下来的生命，正在以几何级数锐减。

彩霞在碎裂，地毯在残破，草坪在萎缩，残酷的剿杀逼迫着幼蟹们。它们必须对岸上的世界重新认识，迅速适应。

面对着弱肉强食的世界，这些可怜的小生命，只有选择逃避。

霎时间，海边高地上所有的瓦砾堆、石头缝都变成了无底洞，红色的蟹流不停地朝里面灌啊灌啊，直到几乎所有的橘红色在海滩上消失殆尽，直到金黄色的沙滩重新闪烁起来。这时候，幼蟹的弱小变成了不可低估的优势，那些细如麻绳、弯弯曲曲的石头缝，除了它们，又有谁能够进得去？

也许是强盗式的巧取豪夺多半缺少耐心，也许是美餐一顿已经心满意足。苍鹭重新起舞，画眉重新歌唱，蓝蟹、贼蟹、鬼蟹、黄蟹、斑点蟹们纷纷退回森林。海滩高地上、密林边，又是一派康泰祥和、歌舞升平的景象。

尽管如此，在自己的背壳和钳子变得坚硬之前，那些吓破了胆的幼蟹们却是再也不会露面了。

四年之后，雨季来临，密林中的红蟹又一次组织声势浩大的大迁徙。

雄蟹硬钳被成千上万只红蟹簇拥着，恰似当年的雄蟹独臂。它那曾经鲜红透亮的甲壳，如今也变成了深红，散布着淡淡的白斑。不过，它那两只坚硬的大钳子仍然健全，只是曾经折断的一只比另一只要小上一圈。现在，它就正用这一对硬钳敲击着地面，向自己的部下发布远征前的动员令。

紧挨着硬钳的是花点，这只曾经像红玛瑙一样美丽迷人的雌蟹，虽失去耀眼的光亮，平添深沉的凝重，但它背壳上与日俱增的白斑，却像众星捧月似的烘托着那五颗钻石样的白点，使它显得韵味无穷。现在，它并没有用心去听雄蟹硬钳的动员令，那心神不定的样子，仿佛在寻觅着什么。当然，它不是在找当年的伙伴飞毛腿，在上回的大迁徙中，雄蟹飞毛腿已经死于非命。不过，它确实感受到一种生物波在吸引，在召唤。于是，它拼命地转动着眼睛，不停地移动着脚步。终于，它发现了传出生物波的方向，便毫不犹豫地爬了过去。

在远离雄蟹硬钳的地方，在千军万马的最外围，集结着远征大军最年轻的成员，它们背壳直径不到五厘米，年龄刚满四周岁。不用说，这就是当年那些仓皇逃窜、躲进石头缝、瓦砾堆中的小生命。如今，它们已经披坚执锐，个个神气活现地等待着赴汤蹈火，去行使繁衍后代的崇高使命。尤其是聚集在那棵高大的第伦桃树下的一批，大约有上千只，像是从一个模子里扣出来的，不但大小一样，色彩相同，而且不论雌雄，每一只红玛瑙般迷人的甲壳上部全都闪烁着五颗钻石样的白点。它们大概得意于自己出众的美貌，打斗、嬉戏、追逐得格外热闹，直到雌蟹花点来到它们的面前。

像江河奔向大海，像葵花围绕太阳，一种无形的不可抗拒的力量，使上千只小花点不约而同地朝老花点身边聚拢。它们鼓噪着，蜂拥着，七手八脚地时而将老花点举起、放下，再举起、再放下；时而又把它翻过来八脚朝天，覆过去当成坐骑。这些精力过剩、美丽绝伦的小东西，就用这种特殊的方式，向它们的老母亲表示骨肉深情。老花点被它的子女们搞得晕头转向、昏天黑地，却绝不发怒，反而用它母性的爱心享受这种特殊的乐趣。

在花点群的旁边，仿佛一片盛开怒放的紫罗兰，大约有两百只四岁的紫色小蟹，大概是被花点们的热情所感染，也开始躁动起来。当然，它们找不到自己的老母亲作为宣泄的对象，便把身边的伙伴当成目标。于是，这些小家伙互相追逐着，你举我，我骑你，拥来挤去，喧嚣不已，折腾得比花点们还要猖狂。这些雌蟹紫背的后代，决然不像它们的母亲。在密林中，它们整日成群结队，横冲直撞，常常和别的红蟹争抢食物，打架斗殴。它们永远不会知道，当年，雌蟹紫背是在怎样惨烈的情境下赋予它们生命。它们也永远不会明白，什么叫孤独和卑微。它们唯一知道的，就是抓住时机，尽情享乐。

就在这生命的喧嚣与躁动中，传来了出发的命令。一如既往，老雄蟹硬钳应走在队伍的最前面。然而，这位已届暮年的老首领却一反常态，行动得格外迟缓。固然，每一次远征对于它乃至每一只红蟹来说，都是九死一生的告别。但这一次，也许是感到了不祥的预兆，使得它对这片生活了一辈子的热带雨林，生出一种难舍难分的缠绵眷恋。

然而，硬钳的部下却管不了这么多，它们一浪又一浪地潮涌过来，大有淹没自己的首领甚至取而代之的势头。于是，老硬钳震怒了，它用坚硬的大钳子威严地敲击地面，用红彤彤的眼睛巡视自己的部下。它看到了那些久经考验的八岁蟹，那些身强力壮的六岁蟹，特别是那些占了整个队伍一半数量的生机勃勃的四岁蟹。伫立良久，这位身经百战的老雄蟹重新振作起来。它最后一次用相思豆一样的眼睛，凝视密密的热带雨林，接着，便毅然决然地转过身，威风凛凛地率领它的队伍，踏上了漫漫的征途。

滚滚滔滔的红潮，向着季风吹来的方向澎湃汹涌……

注：红蟹（Red Crab）：节肢动物，甲壳类，螃蟹科。全身有甲壳。足有五对，前面一对长成钳状。通体鲜红。陆地生活，横着爬行，喜食落叶、浆果。居印度洋圣诞岛（属澳大利亚）密林中。每年雨季，成年蟹迁徙海边繁殖、交配、产卵。

据科学统计：

全岛有成年红蟹	1.2亿只
平均每公顷密林有	138000只
每年迁徙过公路死亡	70~100万只
过铁路死亡	10万只
沙滩争夺洞穴死亡	10万只以上

小天鹅

〔俄〕马明·西比利雅克

多雨的夏天。在这样的天气，特别是前面有一个可以烘烤衣服和取暖的地方时，我很喜欢到森林里去走走；还有，夏天的雨是暖和的。这样的天气在城市里是一片泥泞，但在森林里，土地贪婪地吸取了湿气，因此，你简直像是在稍微有点儿湿润的、由去年脱落和散落下来的松树和枞树的针叶铺成的地毯上行走一样。树上盖满了雨滴，只要动一动，雨滴就会洒落到你的身上。

当雨后的太阳照射的时候，森林发出鲜艳的绿色，整个森林闪烁着金刚石一样的火花。好像节日一般的快乐气氛围绕在你周围，使你觉得你在这样的一个节日里，是人家所盼望的亲切的客人。

正是在这样的一个多雨的日子里，我走进了光明湖，走到了一个熟悉的渔场看守人塔拉斯那里。雨已经稀疏了，在天空的另一边，出现了青天，只要再过一会儿，就会出现炎热的夏天太阳了。

林间小道忽然转了个急弯，我就到了一个陡峻的山岬上，这山岬好像一条宽阔的舌头突出在湖里。实际上，这里不是真正的湖，而是夹在两湖中间的一条宽阔的水道，渔场就在水湾边低低的岸上，在那水湾里停靠着许多渔船。夹在两湖中间的水道，是由长着许多树木的大岛屿形成的，这些岛屿像一顶顶绿色的帽子，散落在渔场对面。

当我在山岬上出现时，塔拉斯的狗就吠起来。它看见生人总是叫出特别的声音来，尖锐而断断续续的叫声好像生气地问："来的是谁？"

我喜欢这种单纯的小狗，因为它们非常聪明，并且忠于职守。

从远处望去，渔场好像一只船底朝天的大船——弯弯的木头旧屋顶，上面生长着蓬勃的绿草。小屋的周围，生长着繁茂的狭叶柳叶菜、鼠尾草和熊笛草，因此，到小屋去的人，从远处看小屋，它只露出一个头。这样稠密的草只生长在湖岸旁，因为这里土地肥沃，湿气充分。

当我快要走到小屋的时候，草丛里突然蹿出了一条花狗来，朝着我拼命地叫。

"小黑貂，别叫了……你不认得我了吗？"

小黑貂踌躇地停下来了，可是很明显，它还不相信我是个旧相识。它警惕地向我走近，嗅着我的长靴。经过了这一套"礼节"以后，它抱歉地摆动着尾巴，仿佛在说："对不起，我搞错了，不过，我总要这么看守这屋的呀。"

小屋里没有人，主人不在，他大概到湖边上察看渔具去了。

小屋周围淡淡地冒着烟，一捆才砍下来的木柴、晾在柱子上的渔网和嵌在树桩上的斧头，这一切说明这里是有人住的。

通过小屋半开着的门，能够看见塔拉斯家的一切家具。猎枪挂在墙上，土坑旁边有几个坛子，长凳下面有一只箱子，墙上张挂着各种渔具。小屋相当宽敞，当冬天捕鱼的时候，全体捕鱼的工人都可以住在里面。

夏天，老头儿孤单地住着。不管什么天气，每天他都烧着很热的俄国炉子，睡在吊床上。他是这么爱暖和，这说明塔拉斯已经达到了可敬的年纪了：他大概九十岁了。我说"大概"，是因为塔拉斯自己也忘记他什么时候出生的。"还在法国人以前呢。"他这样说，意思就是他是在1812年法国人入侵俄国以前出生的。

脱去了潮湿的短上衣，把猎枪挂在墙上后，我就开始拨旺炉火。小黑貂挨近我周旋着，它预感到有某些好处。小火苗快活地燃烧着，向上冒出一缕缕青色的烟。

雨已经停了。天空中浮游起支离破碎的云，掉下些稀疏的雨滴，有些地方现出了青天，后来就出现了太阳。在七月的炎阳的照耀下，潮湿的草好像在冒烟。

湖水是静悄悄的，它只有在雨后才能够这样平静，还传来一阵新鲜的鼠尾草和附近松林里松脂的芬芳气息。一切都很美好！只有在深幽的森林角落里，才会有这样的美好！

右边，在那水道的尽头，平静如镜的光明湖泛着绿色，湖后是许多高山。多么美妙的角落！难怪塔拉斯老头儿在这儿整整住了四十年。在城市里，他不会住上像在这里的一半时光的。因为在城市里无论花多少钱，也不能够买到这样新鲜的空气，特别是笼罩在这里的幽静气氛。

渔场上真好呀！

熊熊的火快活地燃烧着，炽热的太阳晒得更厉害了。望着这灿烂发光的湖的远处，眼睛都刺痛了。要是坐下来的话，就舍不得跟这奇妙的自由自在的森林分手了。

为了等候老头儿，我把一只行军用的铜茶壶吊在长棍子上，放在火上烤。不一会儿，水就沸腾了，可是老头儿还没有来。

"他上哪儿去了呢？"我自言自语道，"检查捕鱼工具？那是早晨的事情，而现在已经是中午了……也许他去察看一下有没有不打招呼就捕鱼的人吧？小黑貂，你的主人躲到哪里去了？"

这条聪明的小狗只是摆动着毛茸茸的尾巴，咂咂嘴巴，不耐烦地尖叫起来。从外表看来，小黑貂是属于所谓"猎狗"的类型的：身子不很高大，有尖长的嘴脸、耸起的耳朵和向上弯曲的尾巴。它有些像普通的看家狗，所不同的只是看家狗在森林里找不到松鼠，不会咬野鸡，不会追踪麋鹿。总之，它是道地的猎狗，是人们最好的朋友。

当这个"人们最好的朋友"快乐地尖叫起来时，我知道它看见自己的主人了。一点儿也不错，在水道上出现了一只黑点一样的渔船，那就是塔拉斯……他站着划船，用一支桨巧妙地划着——真正的渔夫都是在他们的独木船上这样航行的。奇怪的是，当他靠近岸边时，我看到船的前面游着一只天鹅。

"回家去，好游荡的家伙！"老头儿赶着那美丽的鸟儿说，"回家去，回家去……看我还会让你随便游到什么地方去吗？回家去，好游荡的家伙！"

天鹅巧妙地游进渔场，走上了岸，抖了抖身子，然后困难地摇摆着它弯曲的黑脚，向小屋子走去。

塔拉斯老头儿是一个高个子，有着满腮的白胡须和一对严肃的灰色大眼睛。整个夏天他都是赤脚的，也不戴帽子。他的牙齿十分完整，头顶的头发也没有脱落，晒黑了的宽阔的脸上刻画着深深的皱纹。在天热的时候，他只穿一件农家青麻布做的衬衫。

"你好，塔拉斯！"

"你好，先生！"

"从哪儿来的？"

"我划船去找'养子'——天鹅……起先它老是在水道里来回转，后来忽然不见了。于是，我马上去找它。走到湖里——找不到，在几个湖湾里划了一圈——也找不到，它却在岛屿那边游着哩。"

"你是从哪儿弄到这只天鹅的？"

"是顺便捡来的！东家们的猎户都到这儿来，他们打死了许多大天鹅和小天鹅，但是这一只却留下来了。它躲进芦苇荡，蹲在那里，飞又不能飞，就那么躲着。我，当然喽，对着芦苇下了网，于是就捉住了它。它单独一个是活不了的，因为它失去理智后，老鹰会把它吃掉的。它成了孤儿了，我就把它带来，养活它。它也习惯了……现在我们住在一起快一个月了。早上天一亮它就起来，在水道里游一阵，找些东西吃，就回家来。它懂得我是什么时候起来的，就等待着我喂它东西吃。总而言之，它是一只聪明的鸟，它懂得它自己的生活程序。"

老头儿十分亲切地说着，好像在谈论着自己的亲人一样。天鹅蹒跚地走进小屋，显然是在等待着有什么东西给它吃。

"它会从你这儿飞走的，老伯伯。"我说。

"它为什么要飞走呢？这里多好……吃得饱饱的，周围又是一片水……"

"冬天呢？"

"跟我一起在小屋里过冬。地方是够住的，我和小黑貂也更快乐些。有一次，有个猎人经过我们渔场，看见了天鹅，也这么说过：'如果不把翅膀剪掉，它会飞走的。'可是怎么能把鸟儿弄成残废呢？听天由命吧，人有人命，鸟有鸟命……我真不明白，老爷们为什么要打天鹅，又不能吃，这样只是为了胡闹……"

天鹅好像懂得老头儿的话，用灵活的眼睛望着老头。

"它跟小黑貂怎么样？"我问。

"开始的时候有些害怕，后来就习惯了。有一次，天鹅竟抢走了小黑貂的一块食物。狗对它狂吠，它就用翅膀打狗。在旁边看着它们才好笑呢！有的时候它们一起出去玩耍……天鹅在水里，小黑貂在岸上。狗也想跟在天鹅后头游泳，可是技术不行，差一点儿淹死了。但是，当天鹅游开去的时候，小黑貂就去找它……我这狗没有它这位心爱的朋友，就苦闷得很呐……我们三个就是这样在一块儿过活的。"

我很喜欢这位老头儿，他很会讲故事，并且懂得许多事情。在许多个夏天的晚上，遇到在渔场上过夜时，每次都能够听到一些新闻。塔拉斯从前是个猎人，他很熟悉周围的环境，熟悉树林里各种鸟和野兽的性格。现在他不能够到很远的地方去了，所以只好谈他的鱼了。

划船比带枪在树林里走，特别是比在山里走要容易得多。现在，塔拉斯那支猎枪放在那里只是留作纪念，或者是有狼来的时候以防万一用的。冬天的时候，狼窥伺着渔场，并且老早已经对小黑貂磨牙齿了。只因为小黑貂很机警，所以没有吃狼的亏。

我在渔场里停留了一整天。晚上我们去钓鱼，夜里张挂了网。光明湖真美，这湖叫做"光明"，不是没有理由的：湖里的水完全是透明的，因此船在航行的时候，看得见整个湖底，看得见斑色的芦苇、黄色的河沙、水草和成群结队地游来游去的鱼。

像这种山里的湖在乌拉尔总有千百个，它们都以异常秀丽出名。

光明湖和其他那些湖不同的地方是它一面靠山，其他三面都衔接着草原，那儿是幸福的巴什基利亚的起点。围绕着光明湖的是些最自由自在的地方，有一条奔腾的大河从那里流出来，灌溉了它流经的平原。

湖的长度大约有二十公里，宽大约有十公里，有些地方，湖的深度达到30多米。岛屿上长着树林，给湖增添了特别美丽的景致。有一个远远处在湖中央的岛屿，叫做"饿岛"，因为当渔夫们碰到坏天气而来到这个岛上时，每一次总要饿上好几天肚子的。

　　塔拉斯住在光明湖已经四十年了。以前他有过自己的家和房子，可是现在他过着孤苦的生活。孩子们都死光了，妻子也死了，塔拉斯就年复一年、寸步不离地守在光明湖了。

　　"你不感到沉闷吗？老伯伯！"当我们捕鱼回来时我问，"一个人在森林里是乏味的。"

　　"一个人？人家也都这么说……我在这里像王公一样生活着呢！这里有各种各样的鸟，也有鱼，也有草。当然，它们不会讲话，但我却了解它们。有时看看宇宙间的万物，心里就快活起来……任何东西都有它们自己的秩序和智慧。你以为鱼在水里游，或者鸟在树林里飞，是没有意思的吗？不，它们的忧虑并不比我们少……瞧吧，那天鹅在等候着我和小黑貂呢。嘿，调皮鬼……"

　　老头儿十分满意自己的养子，一切的谈话归根结底还是引到它身上来。

　　"傲慢的、帝王般高贵的鸟啊，"他说，"用饵去引诱它，如果不给它时，下一趟它就不来了。它虽然是一只鸟，可是也有它自己的个性……它对小黑貂也保持自己的尊严，稍微差了一点儿，即刻用翅膀，或者用嘴去啄小黑貂。你要知道，有一次狗想要跟它开玩笑，准备用牙齿咬住它的尾巴，可是天鹅给了它一巴掌。这就是说，咬尾巴也不是儿戏的事。"

我歇了一夜，第二天早上准备上路了。

"秋天再来吧，"分别时老头儿说，"那个时候，我们可以生篝火，用鱼叉来捕鱼……我们还要猎松鸡，秋天的松鸡是很肥的。"

"好的，老伯伯，无论如何我会来的。"

当我离开的时候，老头儿又把我喊了回来：

"瞧吧！先生。那天鹅跟小黑貂是怎样地在玩着呢……"

真的，这是一幅值得欣赏的奇妙图画。天鹅张开翅膀站着，小黑貂一面尖叫，一面在攻击它。聪明的天鹅像鹅那样伸长了脖子，对着狗儿低声怒喝。老塔拉斯望着这幕情景，像小孩子一样，从心底发出微笑。

我第二次到光明湖是在深秋的时候。那时已经下过初雪了。森林还是很美，有些白桦树上还留着黄叶。枞树和松树比夏天更绿了。秋天的枯草像黄色的刷子一般从雪下面伸出头来。死一般的寂静笼罩着四周，好像大自然被夏天的沸腾弄得精疲力竭，现在正在休息。光明湖显得更大了，因为沿岸的花草树木都没有了。清澈的湖水昏暗起来，秋天的急浪"哗哗"地拍打着湖岸。

塔拉斯的小屋还是在原来的地方，但显得高了些，因为那些围着房子的高茎草没有了。跳出来迎接我的仍旧是那只小黑貂。现在它认得我了，所以远远地就对我亲热地摇尾巴。塔拉斯在家里，他在修理冬天用的捕鱼网。

"你好呀，老伯伯！"

"你好呀，先生！"

"唔，生活过得怎么样？"

"还好……秋天下初雪的时候，害过小病，腿痛……天气不好的时候常常这样的。"

的确，老头儿带着一副疲惫的神态。现在，他显得这样老态龙钟。可是，看样子，这情形不像是由于生病。喝茶的时候，我们就谈开了，老头儿说出了他的苦处。

"先生，你还记得天鹅吗？"

"养子吗？"

"就是啊……唉，真是一只好鸟！现在又落得我跟小黑貂单独过日子了……是啊，养子不在了……"

"被猎人打死的吗？"

"不，它自己走的……先生，这对我来讲是难受的……难道我没有很好地照顾它、养育它吗？我亲手喂它……它一听见我的声音就来了。它在湖里游泳的时候，我一喊，它就游回来。多么聪明的鸟，一切都习惯了……唉，就在下霜的那天出了事情。有一大群天鹅飞过，降落在光明湖上。它们休息，找食吃，游水，我欣赏着它们。让它们休息一下吧，它们飞往的地方也不很近呢……唉，这一来就出了事情啦。我的那个养子起初不跟别的天鹅结伴，游近它们一下就回来了。那些天鹅用它们的话聒噪着，呼喊它，它却走回家来，它好像说：'我有我自己的家。'它们就这么过了两三天。可见，一切都是用它们的鸟话谈妥当了的。后来，我看见我的养子愁闷起来了……那种愁闷完全像人一样。它走到岸上，用一只脚站着，开始呼喊了。要知道它喊得多么悲惨呀……把我也搞得愁闷起来了；而小黑貂呢，那个笨家伙像狼一样吠着。当然，这只爱自由的鸟，血液是……"

老头儿不做声了，沉重地叹了一口气。

"那么怎么样了呢？老伯伯！"

"唉，别问了……我把它关在小屋里一整天，它就在那里吵个不停。它用一只脚支住身体，紧靠着门站着。如果不把它从那儿赶走的话，它会一直站下去。那真像在说着人的话：'放我走吧！老伯伯，放我到我的同伴那儿去吧。它们都要飞到暖和的地方去，为什么我要在这里同你们一起过冬呢？'我想，这有什么难呢！于是放了它，它就跟在它们后面飞走了，从此就不知去向……"

"为什么不知去向呢？"

"它们是在自由中长大的，它们小时候父母就教它们飞翔。你想它们是怎么样的？小天鹅长大了，父母起先带它们在水里游，后来就教它们飞。按照顺序教：一次比一次飞得远，一次比一次飞得高。我亲眼看见它们怎样教小天鹅飞行的。开始时是个别地教授，后来是大群地来，再后来就联合成一大群，正像练兵一样……我的养子是独自长大的，请你想想看，它哪儿都没有飞过，在湖里游——这就是它的全部本领了。当它需要作几千公里的飞行时，它怎么能够坚持下去呢？当力气用尽了，就会脱离了天鹅群而不知去向的。它是不习惯远道飞行的。"

老头儿又不做声了。

"可是只能放它走呀。"老头儿悲哀地说，"我想，假如硬拉它过冬，它肯定要发闷和生病的。这是一种很特殊的鸟，于是我就这样放它走了！我的养子就飞到鸟群里去，跟它们游了一天，晚上又回到家里来。就这样游了两天。虽说是一只鸟，它也一样会感觉到离开家的难过。先生，它是游回来告别的……最后一次，它离开岸游了约莫四十米远，停了下来，老兄，它就用它的话叫喊了，好像说：'老伯伯，谢谢你的款待！'就这么一转眼不见了，又剩下孤零零的我和小黑貂了。起先，我们十分苦闷。我问小黑貂：'小黑貂，我们的养子呢？'小黑貂马上狂吠，可见它也悲哀呢，它跑到岸边，到处去寻找它亲密的朋友……我整个晚上在做梦，梦见我的养子就在这里，它正靠岸游着，拍着小翅膀。我走出去看时，什么也没有……先生，就是这么一回事。"

（黄衣青　译）

高原野牦牛

黑 鹤

我要去阿里。

　　所有去过西藏的人都说阿里是西藏的西藏，一个人一生中也许可以去两次西藏，但不可能去两次阿里。

　　有人告诉我阿里是西藏天最蓝的地方。

　　我与几个朋友在拉萨租了一辆沙漠风暴越野车和一辆东风卡车，我们乘坐沙漠风暴，东风卡车运载油料和食物。进入藏北必须两辆车相伴而行，万一有一辆车出了故障，另一辆车可以及时去救援。

　　无边无际的广袤荒原，坦荡如砥，天与地如此地接近，长久的颠簸中感觉自己已经到了世界的尽头。

　　汽车开上一天有时也只能看到一顶黑色的帐篷——一个逐草而居的游牧营地，有时方圆几百公里根本看不到人烟。当然，偶尔地平线上也会出现几只藏羚羊或是野驴，可是还没有等我们接近，已经一溜烟地消失在荒野深处了，但即使这样也可以让我们着实兴奋一阵了，不过更多的时候，展现在我们眼前的是让人倍感寂寞的荒原。

　　几个朋友已经昏昏欲睡，强烈的高原反应使他们已经打不起精神，一点儿没有刚进入荒原时的那种兴奋。那时我们扯着嗓子高唱《回到拉萨》，尽管因为空气中的含氧量过低——只是平原地区的百分之五十，我们不得不唱几句就停下来大口地喘息。

没有人和我说话，实在闲得无聊，我只好上了前面那辆东风卡车。

卡车上开车的加央师傅，在昨天休息时曾经递给我一块风干肉。显然那是牧民经常食用的风干肉：就是那种秋天将羊宰杀后整个挂起来，经过一个冬天的风干后制成的干肉。因为小时候在内蒙古草原上生活过，所以我在几个朋友歆羡的目光下，毫不犹豫地接过了沉甸甸的肉块，用标准的藏族人吃肉的方式——用瑞士军刀将肉一片片削下，送进嘴里，和着酥油茶吃了下去。味道还不错。加央师傅冲着我竖了竖大拇指。

我在租车前听说加央师傅以前当过猎人，曾经猎过野牦牛，当然那是颁布动物保护法以前的事了。

我在进西藏之前曾经听人说起过野牦牛。我一直觉得牧民家养的牦牛已经是庞然大物，但据说野牦牛还要大很多，但具体大到什么程度，谁也说不清楚，有说一千斤的，有说一千公斤的。不过有人说只要十头野牦牛的毛和尾巴就可以织一座那种牧民住的大帐篷。我对这种神秘的高原野牦牛充满了好奇心。

我想坐进加央师傅的车里，说不定还可以听他讲一讲早年打猎的经历，总比待在沙漠风暴越野车里发呆好得多。

我刚坐进车里，还没等我请求，加央就开始向我讲述他的那些传奇的经历。看来在这单调的路途上，他也寂寞得要命。很快我们就切入正题，讲到了被称为高原之魂的野牦牛。加央师傅一边眯着眼睛注视着前面的所谓的路面——不过是荒原中几道淡淡的车辙——一边开始讲述他最后一次猎野牦牛的经历。我想在这样平坦的地方，闭着眼睛开车也不会翻车的吧。

"……要想猎野牦牛必须得在它们要出现的地方藏起来。有时候得藏几天，才能看到野牦牛。那天我的运气还算不错，等到下午时，看到了三头野牦牛出现在前面的草地上。我那时用的是老式的火枪，只能向野牦牛的心脏瞄准，打它的头一点儿用也没有，那里的皮太厚了，根本就打不透。我选中了一头公牛，我本来瞄得挺好，可是在射击时，那牛不知为什么动了一下，没打中它的心脏。它抬起头向我这边望过来。完了，它发现了我藏身的地方。那种老式的火枪只能打一枪。等我反应过来，它已经怒气冲冲地冲了过来。野牦牛看起来挺笨重，跑起来可并不比马慢呀。我扛起枪就跑，只听到后面传来地震一样的牛蹄声。但我还是跑得太慢了，我已经听到了身后牛'呼哧、呼哧'的喘气声。

"我把枪扔了，跑出去几步，好像它没追上来，我就回头看了一眼。它正在那儿着了魔一样转着圈地踩那杆枪呢。我想自己得快点跑，可那枪几下就被踩个稀烂，它又追了过来。我就扔了帽子，它又开始踩帽子。我把身上的衣服一件件脱下来扔在身后，但那不能起多大的作用。是一块大石头救了我的命。就在我快要把衣服脱完、它也快追上我、实在没有什么办法的时候，我看到了草地中央的那块大石头。我向那块大石头跑过去，石头下面有一条缝隙，刚好可以藏一个人，我就钻了进去。随后赶到的野牦牛重重地撞在三米多高的巨石上，我觉得整块大石头都在摇晃。我真怕它把石头拱塌了把我埋在下面。它撞了一下又一下，轰轰响。我在里面一动也不敢动。后来它可能是累了，就走了。我到天黑才敢出来。"

加央师傅沉默了一阵，然后说："从那以后我再也不打野牦牛了。"

"为什么？"我问他。

"野牦牛从不主动伤人，只有在人伤害了它又没有致命时，它才会攻击人。"他握着方向盘静静地望着前方。我想不知是什么触动了他，让他洗心革面，幡然悔悟。不过就像我见到的一个猎人，他说那次他剖开一头被他射杀的雌藏羚羊的肚腹时，发现了里面血糊糊的已经成形的小羚羊。他从此摔了猎枪，再不打猎。

我想，这无论如何对野生动物都是好事。

我以为野牦牛不过是我们百无聊赖的路途上的谈资，可到了下午，我们准备露营时，我们竟然真的见到一群野牦牛。

那时天空落了一阵清雪。八月的天气竟然落雪，这就是藏北，天气反复无常。此时天已经放晴，披覆了雪粒的、银白的荒原一片寂静，没有任何活动着的生命。

加央师傅小心地寻找着前面的车辙印，他经验丰富，已经很多次走过这条路。

我迷迷糊糊地快要睡着了。

"你看那是什么？"加央师傅突然推了我一下。

车已经停下来，我从后视镜里看到沙漠风暴也跟着放慢了速度。

前面大约一百多米远的地方，五头黑色的狼立在雪后的草地上，紧紧地围着一堆白色的巨石。那是西藏特有的黑狼，身体修长，通体灰黑，有点像育种失败的德国牧羊犬。

"这么冷的天，那些狼围着那些石头干什么？"我感到莫名其妙，问加央师傅。

"你仔细看看那石头。"加央师傅死死地盯着前面的巨石对我说。

我从他的口气里觉察到了什么，而且我知道狼是很聪明的动物，不可能毫无理由地蹲坐在雪地上围成半环形守着那堆巨石。狼的目的性也非常明确，甚至我们的到来都没有将它们惊走。

我看清楚了。每块巨石的前端都伸出两根黑色巨镰般弯曲的东西，是角。

那是野牦牛，巨硕的身体上已经被雪覆盖，又因为一动不动，所以被我看成是荒原上的石头。

为了让我看得更清楚，加央师傅又把车向前开了大约二十米。一共是九头野牦牛，它们一律尾朝内头朝外，围成一个圆圈，里面是五头小牛犊。

我从背包里取出望远镜，还好我一直把背包带在身边。

我从没有如此真切地看过野牦牛，事实上我从来也没有见过野牦牛。我记得那些介绍野牦牛的人曾经说过，成年野牦牛头顶的两角之间的部位可以并排坐两个人。我当时以为他们是过于夸张了，现在看起来果然是这样。这些身长足有三米的野牦牛，两角之间的最宽处足有一米多，足够两个成年人并肩坐在上面。

"那是野牦牛在保护小牛犊。雪地里狼找不到食物，就只好冒险攻击这些小牛。"加央师傅眯着眼睛点燃了一支香烟。

"野牦牛不是狼的对手吗？"我感觉因为缺少食物而干瘪猥琐的黑狼在野牦牛面前完全就是侏儒。

"那倒不是。野牦牛没有狼灵活。一旦牛群散开，狼就有机会攻击小牛了。"

"我们是不是可以帮它们？"我试探着问加央师傅，当然我不知道这个往日的猎人会有什么想法。

"当然。"加央师傅几乎是不假思索地回答。

加央师傅发动了卡车，又向前靠了大约二十米。此时，那五头狼已经从原地站起来，烦躁不安地在原地兜着圈子。尽管与野牦牛小山一样的身架比起来，它们瘦小得像小猫一样，可还是要比我在动物园里看到的那些没完没了地在笼边游走的狼要大得多。它们尽管知道我们没有枪，可也意识到我们的存在将对它们的捕猎构成某种威胁。

不过那九头野牦牛却像什么也没有听见一样，仍然如同一块块荒野中的巨石般纹丝不动，卫护着它们身后的小牛。它们披覆着雪片的身上洋溢着一种真正的岩石般的沉稳与坚定。

"看有没有作用了。"加央师傅又眯了眯眼睛，按住了喇叭。

无边无际的原野上回荡起卡车喇叭刺耳的轰鸣，因为一直很静，所以骤然响起的这不和谐的声响震得我头皮发麻。

确实起了作用。听到这可怕的响声，五头黑狼几乎是动作整齐划一地跳了起来，箭一样地向前射了出去。但它们只是向前跑了几步，然后停了下来，回头迷惑不解地向这边张望。此时后面的沙漠风暴越野车显然也明白了我们的意图，跟着按响了喇叭。两辆车在亘古沉寂的荒原上像两头暴怒的野兽，纵情狂啸。

突然出现的变故，使狼群对即使僵持下去也未必能到手的食物失去了兴趣，拖着沉甸甸的尾巴悻悻地走掉了，只一会儿，它们就消失在远处的一个凹地里。

喇叭声戛然而止，我想四周应该是静下来了，可耳朵里还是"嗡嗡"作响。

狼群已经走远了，此时野牦牛那城墙般坚实的圆圈开始一点点儿地散开，小牛依次回到母牛的身边。这些野牦牛身上的雪片纷纷地抖落，露出了披着黑色长毛的、像装甲车一样令人瞠目结舌的巨大身躯。

"它们要走了。"加央师傅对我说。

果然，它们开始缓缓地向远处的一片高地上移动。

这时，一直跟在后面的沙漠风暴越野车突然飙了出来，向那边追了过去。我看到车里的几个朋友都举着相机和小型摄像机。看来他们是不想错过这千载难逢的机会，拍上一张野牦牛的照片，使自己的此次阿里之行锦上添花。

"他们可不要靠得太近了。"加央师傅忧心忡忡地说。

不幸被他言中了。沙漠风暴跌跌撞撞地一路辗过大小坑包，向牛群冲了过去。不知为什么，车在冲进一个浅坑时竟然熄火了。对于这种性能良好的越野车来说，这绝对是不应该出现的问题。可车就搁浅在那儿，一动不能动，发动不起来了。

而此时感到受到了威胁的牛群出现了小小的骚动，从牛群中冲出了一头成年野牦牛，它如同一艘高速滑过海面的黑色战舰，向沙漠风暴直扑过去。"糟糕！"加央师傅叫了一声，发动了卡车，卡车一路怪叫着向沙漠风暴冲了过去。

因为车速太快，地面又不平，我们都被高高地颠起，我的头碰在了顶棚上。

我们刚好赶在野牦牛前冲到了抛锚的沙漠风暴前面，把它挡在后面。

我想那些躲在战壕后的士兵，面对着劈头盖脸地呼啸而来的坦克，一定也是这种感觉。但加央师傅并没有把车闪开，我想凭借他娴熟的驾驶技术完全可以做到这一点，但是他若闪开，无疑会使已经抛锚的沙漠风暴无遮无掩地暴露在狂怒的野牦牛的视野之中。在高原的无人区里，每个人都要学会尽自己的全力去帮助别人。

冲过来的野牦牛，黑色的长毛迎风披散，长可及地的裙毛如黑色的旗帜迎风飘动，像一头被激怒的凶悍的恶鬼。在它们的群体受到威胁时，它必须作此一搏。

114

于是我只好眼睁睁地注视着它挺着两支闪动着亮晶晶釉光的、手臂粗细的巨角，低着头冲了过来。大地都在它的狂奔之下轻轻地震动。

我觉得自己承受了有生以来最强烈的震撼，感觉像是被另一辆加重东风卡车给迎头撞上了。我和加央师傅都被这种震动弹向一边，还好没有受伤。我觉得自己已经晕了。

还好它撞在汽车前面的保险杠上，所以车也没有受到太大的损害。

它不紧不慢地后退，然后慢条斯理地走上前来，将那大得可怕的角探到车的底盘下，猛地向上拱了一下。

满载着食物和油料的载重车东风卡车竟被撬了起来！我感到车已经在慢慢地倾斜，大约倾斜了三十度。

"没什么事，咱们在这里很安全。"加央师傅是看到了我眼中惊恐的目光，他在安慰我。

车又被撂下了，重重地砸在地上。后面的车厢里传来铁桶翻倒的声音，一切都乱套了。在这种折腾下，我感到自己恶心得就要呕吐了。

"没有什么办法吗？"我哭丧着脸问看上去也并不比我好受的加央师傅。

"没办法。"他说，"野牦牛要想做什么，就是面对着大炮它也不会后退。"

于是我只好绝望地看着车窗外这头肆无忌惮的野牦牛再一次低下头，甩动着自己颈肌粗壮的脖子，又把我们的车挑起来。像无意中闯入暴风眼的小船，我们毫无办法，只能等着海面上的惊涛骇浪平息下来。

终于，这种令人心惊肉跳的单方面的进攻停了下来。大海终于息怒了，我想它要是再来几下，这车说不定就要散架了。

它慢慢地后退，不是小心翼翼，我想在它的辞典里根本就不存在这样的词，而仅仅是它不想走得那么快。

然后它抬起了头，让我有机会与这双硕大无朋的眼睛对视。我被它宽阔的额下那双炯炯有神的眼睛所吸引。我曾经和很多野地生灵的眼睛对视过，有恐惧的、羞涩的、漫不经心的，但我从没有见过一双如此高傲的眼睛。只是对视的这几秒钟，我就已经读懂了那里面的一切——它无所畏惧，

对于自己广阔的家园，在必要的时候它们会用自己庞大的身躯来保卫。它们是荒原之王，它们在这片雪域高原自由地生息，它们是与雪山圣湖同在的高贵的生命。

这是独属荒原的高傲目光。

已经在钢铁的机械前维护了自己尊严的野牦牛转过头去，牛群已经走出了很远。它浑身丰厚的长毛在风中如经幡上的长绸，飒飒飘扬，三米多长的身躯依旧如来时那样，仿佛一艘黑色的战舰，向远方游弋而去。

我目送着这个庞大的生命消失在雪地之中。

"还好，这只是一头母牛。"加央师傅长舒了一口气，"要是公牛说不定会怎么样。也多亏了我们开的是东风卡车，要是解放卡车，早就被挑翻了。"

在我们搭起帐篷时，加央师傅告诉我，有时候野牦牛群在确实无法摆脱狼群的追杀时，就会有一头成年的野牦牛站出来，它勇敢地留在最后，和狼群决一死战，为自己的牛群赢得时间，但这头牛最终往往也会因为体力不支而葬身狼腹。我想今天向我们的卡车义无反顾地冲过来的牛，就是充当了这样悲壮角色的一头自愿献身者。

第二天早上，我们在荒原上撼人心魄的绝美日出中吃完早饭后，又要开始了一天的旅程。在离开之前，我们把垃圾收集起来烧掉——我们不希望污染这块洁净的大地。

同时我也希望今天不要再碰到野牦牛群，不要再惊扰它们自由的生活。这里毕竟是它们生息的大地，作为人类，我们只是闯入者。

我也衷心地希望所有去阿里的朋友，尽量避开野牦牛的栖息地，不要闯入它们千万年来一直无拘无束的自由秘境。

　　野牦牛，动人心魄的雄壮无畏，当之无愧的高原之魂。

山羊兹拉特

[美] 辛 格

往年光明节，从村里到镇上的路总是被冰雪覆盖。但是这年冬天天气却很暖和，光明节快要到了，还没有下过雪。大部分时间天气晴朗，农民们担心，由于干旱，冬粮收成准不会好。嫩草一露头，农民们就把牲畜赶到牧场去。

对皮货商鲁文来说，这年更是个坏年头。他犹豫了好久，终于决定卖掉山羊兹拉特。这只山羊已经老了，挤不出多少奶了。镇上的屠夫费夫尔愿出八个银币买下这只山羊。用这笔钱可以买光明节点的蜡烛、过节用的土豆和做薄煎饼用的脂油，还可以给孩子们买些礼物，给家里添些过节用的其他必需品。鲁文叫他的大儿子阿隆把山羊赶到镇上交给屠夫费夫尔。

阿隆知道把山羊交给屠夫费夫尔准没好事，但是他又不敢违抗父命。阿隆的母亲听说要卖掉山羊，伤心地哭了。阿隆的妹妹安娜和密丽安也放声大哭。阿隆穿上棉夹克，戴上有耳套的帽子，在山羊兹拉特的脖子上拴了根绳子，带上两片涂着乳酪的面包准备路上吃。家里人要阿隆送完羊晚上就在屠夫家过夜，第二天把钱带回家。

家里人和山羊依依不舍地告别。阿隆在羊脖子上拴绳子时，山羊像往常一样，温顺地站在那里。山羊舔着鲁文的手，摇着它那小小的白胡子。兹拉特一向信任人类，它知道，人们总是喂它东西吃，从来没有伤害过它。

阿隆把羊赶上通往镇子的大道时，山羊似乎有点惊奇，因为以前从来没有朝那个方向走过。山羊回过头来诧异地瞧着阿隆，好像在问："你要把我赶到哪里去呀？"但是过了一会儿，山羊又好像自言自语地说："山羊是不应当提出疑问的。"可是，路毕竟不是往日所熟悉的路。他们通过陌生的田野、牧场和茅舍，不时有狗叫着追赶他们，阿隆用棍子将狗赶跑。

阿隆离开村子时还出着太阳，可是突然间天气变了。东边天空出现了一大片乌云，那云微带蓝色。乌云迅速布满天空，一阵冷风随之而起。乌鸦飞得很低，"呱呱"地叫着。起初，看样子像是要下雨，但是实际上却像夏天那样下起冰雹来。虽然当时是上午，但是天昏地暗，好像黄昏一样。过了一会儿，冰雹又转为大雪。

阿隆已经十二岁了，经历过各种天气，但是他从来没有看到过这样大的雪。大雪纷飞，遮天蔽日，顿时一片昏暗，不一会儿就分辨不清哪儿是道路，哪儿是田野了。通向镇上的路本来就很狭窄，又弯弯曲曲，阿隆找不着路了。风雪交加，使他分不清东西南北。寒气逼人，冷风透过棉夹克直往里钻。

起初，兹拉特好像并不在意天气的变化。山羊也十二岁了，知道冬天意味着什么。但是当它的腿越来越深地陷进雪里时，它便不时转过头来茫然地瞧着阿隆。它那温和的眼神似乎在问："这么大的暴风雪我们出来干什么呢？"阿隆希望能够遇见一位赶车的，可是根本没有人打那里经过。

雪越积越厚，大片大片的雪花打着转儿落到地面上。阿隆感到靴子触到了雪下刚犁过的松软土地。他意识到他已离开大路了，他迷失了方向，分不清哪里是东，哪里是西；弄不清哪边是村子，哪边是镇子。冷风呼啸着，怒吼着，卷起雪堆在地上盘旋，犹如一个个白色小魔鬼在田野上玩捉人游戏。一股股白色粉末被风从地上掀起。兹拉特停住不动了，它再也走不动了。它倔强地站在那儿，蹄子好像固定在土地里，"咩咩"地叫着，好像在恳求阿隆把它赶回家似的。冰柱挂在山羊的白胡子上，羊角上结了一层白霜，发出亮光。

阿隆不愿承认自己已陷入危难之中，但是他知道，如果找不到地方躲避一下风雪，他和山羊都会冻死。这场风雪与往日的不同，是一场罕见的特大暴风雪。雪已没过了阿隆的双膝，他的手冻僵了，脚也冻麻木了。他呼吸困难，风雪呛得他喘不过气来。他感到鼻子冻得发木，他抓了一把雪揉搓了一下鼻子。兹拉特的"咩咩"叫声听起来好像是在哭泣，它如此信赖的人类竟把它带到了绝境。阿隆开始乞求上帝保佑自己和这只无辜的山羊。

突然，他看到了什么，好像是座小山包，他纳闷那到底是什么东西。谁能把雪堆成这样的山包呢？他拖着兹拉特，想走过去看个究竟。走近一看，他才认出那山包原来是个大草垛，已经完全被积雪覆盖了。

阿隆这时才松了一口气，他们有救了！阿隆费了好大劲在积雪中挖出一条通道。他是在乡村长大的，知道该怎么办。他摸到干草以后，替自己和山羊掏出一个藏身的草窠来。不管外边多么冷，干草垛里总是很暖和的，而且干草正是兹拉特爱吃的。山羊一闻到干草的气味，立即心满意足地吃起来。草垛外面，雪继续下着。大雪很快重新覆盖了阿隆挖出的那条通道。阿隆和山羊需要呼吸，而他们的栖身之地几乎没有一点空气。阿隆透过干草和积雪钻了个"窗户"，并小心地使这个通气道保持畅通。

兹拉特吃饱之后，坐在后腿上，好像又恢复了对人类的信赖。阿隆吃了他带的两片面包和奶酪，但是经过一路的艰苦奔波，他还是感到饿。他瞧了瞧山羊兹拉特，发现山羊的乳房鼓鼓的。他躺在山羊旁边，尽量舒服些，以便他挤山羊奶时，奶汁能够喷到他嘴里，山羊的奶又浓又甜。山羊不习惯人们这样挤奶，但它没有动。看来它急切地想要报答阿隆，感谢阿隆把它带到这个可以躲避风雪的地方，这个避难所的墙壁、地板和天花板都是它的美餐。

透过"窗户"，阿隆可以瞥见外边的灾难景象：风把一股股的雪卷起来；到处一片漆黑，他弄不清是到了夜晚呢，还是由于暴风雪才这样天昏地暗。谢天谢地，干草垛里不冷。兹拉特不停地嚼着干草，时而吃上面的草，时而吃下面的草，时而吃左边的草，时而吃右边的草。山羊的身体散发着热气，阿隆紧紧地依偎着山羊。他一向喜欢兹拉特，现在山羊简直像他的姐妹一样。他思念家人，感到很寂寞，想说话来解解闷儿。他开始对山羊说话——

"兹拉特，你对我们遇到的这场灾难有什么看法呢？"他问道。

"咩。"兹拉特回答说。

"如果我们找不到这个干草垛，咱们俩现在早冻僵了。"阿隆说。

"咩。"山羊回答说。

"如果雪这样不停地下，我们就得在这里待好些天。"阿隆解释。

"咩。"兹拉特叫道。

"你这'咩''咩'是什么意思呢？"阿隆问道，"你最好说个清楚。"

"咩，咩。"兹拉特想要说清楚。

"好吧，那你就'咩'吧。"阿隆耐心地说，"你不会说话，但我知道你懂了。我需要你，你也需要我，对吗？"

阿隆瞌睡来了。他用草编成一个枕头，枕在上面，打起盹来。兹拉特也睡着了。

阿隆一觉醒来，睁开眼睛，弄不清是早晨还是夜里。积雪又封住了"窗户"。他想把雪清除掉，但是当他把整个手臂伸直时，仍然没有够到外边。幸好，他带着一根棍子，他用棍子朝外捅出去，这才捅透积雪。外边仍然一片漆黑。雪还在下，风还在呼啸。先是听到一种声音，然后是许多声音，有时风声像鬼笑一般。兹拉特也醒了，阿隆向它打招呼，山羊仍以"咩"回答。是啊，兹拉特的语言虽然只有一个字，但却代表着许多意思。山羊现在好像在说："我们必须接受上帝赐给我们的一切——温暖、寒冷、饥饿、满足、光明、黑暗。"

阿隆醒来时感到很饿。他带的食物都已经吃光了，但是兹拉特有的是奶汁。

阿隆和兹拉特在干草垛里待了三天三夜。阿隆一向喜欢兹拉特，但是在这三天里，他感到更离不开兹拉特了。兹拉特供给他奶汁，温暖他的身体。山羊的耐心使他感到安慰，他给山羊讲了许多故事，山羊总是竖起耳朵听着。他爱抚地拍拍山羊，山羊便舔他的手和脸。山羊"咩"一声，他知道这声音的意思是说："我也喜欢你。"

雪接连下了三天，虽然后两天大雪减弱了，风也缓和了。有时候，阿隆感到好像从来没有过夏天，雪好像没完没了，总是下个不停，从他能够记事起一直就是这样。他——阿隆——好像从来没有过父母姐妹。他是雪的孩子，生长在雪中，兹拉特也是这样。干草垛里安静极了，他的耳朵在寂静中"嗡嗡"作响。阿隆和兹拉特不光晚上睡，白天大半时间也在睡。阿隆做的全是天气转暖的梦。他梦见绿油油的田

野，鲜花盛开的树木，清澈的溪流，"啾啾"歌唱的小鸟。第三天晚上，雪停了，但是阿隆不敢摸黑去寻找回家的路。天放晴了，月亮升起来了，银色的月光洒在雪地上。阿隆挖了一条通道走出了草垛，向四周张望。到处白茫茫的，静悄悄的，犹如一片极美好的梦境。星星又大又密，月亮在天空游泳，就像在海里游泳一样。

第四天早晨，阿隆听到了雪橇的铃声。看来草垛离大路不远。驾雪橇的农民给阿隆指了路，但指的不是通向镇上找屠夫费夫尔的路，而是回村子的路。阿隆在草垛里已拿定了主意：再也不和兹拉特分开了。

阿隆家里的人以及左邻右舍在暴风雪里找过阿隆和山羊，但是毫无结果。他们担心阿隆和山羊完了。阿隆的母亲和妹妹悲伤地哭泣；他父亲沉默不语，闷闷不乐。突然，一位邻居跑来告诉他们一个好消息：阿隆和兹拉特回来了，正朝家走呢。

全家一片欢乐。阿隆向家里人讲述了他怎么找到草垛、兹拉特如何供他奶喝的事情。阿隆的妹妹们又是亲兹拉特，又是拥抱兹拉特，还用剁碎的胡萝卜和土豆皮款待兹拉特。兹拉特狼吞虎咽，美餐一顿。

从那以后，再没有人提起要卖兹拉特了。寒冷的天气终于来临了，村民们又需要鲁文为他们做皮活了。光明节到来时，阿隆的母亲每晚都做薄煎饼，兹拉特也得到一份。尽管兹拉特有自己的羊圈，但是它常来厨房，用犄角敲门，表示它的拜访，人们总是放它进去。晚上，阿隆、密丽安和安娜玩陀螺，山羊坐在火炉旁，或瞧孩子们玩，或对着光明节蜡烛的火苗出神。

阿隆有时问山羊："兹拉特，你还记得我们一块度过的那三天三夜吗？"

兹拉特便用犄角搔搔脖子，摇晃着白胡子，"咩"一声，这个单纯的声音表达了山羊兹拉特全部的思想，全部的爱。

（刘兴安、张镜　译）

四耳狼与猎人

满都麦

巍峨的群山，被皑皑白雪覆盖着，看上去好像是千千万万只静态的野生。那嶙峋重叠的奇山异峰，犹如俯瞰而卧的雄狮、猛虎和银雕；那犬牙交错的悬崖峭壁，又似千姿百态的岩羊、盘羊和扁角羊玉雕。再细看那一个个栩栩如生的形态，有的似乎在为已经灭绝的族群而悲哀，有的似乎在为留存下来的子孙们的命运而忧伤。

　　"砰！"

　　一声沉闷的枪声打破了世界的寂静，摇撼着大地，渐渐传向远方。

　　这一枪让一只静卧在山岩下可能在做什么梦的赤红狐狸遭了殃，它倏地跳起来就地打着转，发出痛苦的哀号。与此同时，那位猫在风头下一块岩石后头的开枪人也遭了不幸，巨大的后坐力使他脚下打滑，像块石头似的滚下山沟。

　　这位掉入大约十丈深沟的歪手巴拉丹，似乎已了却一生尘缘，无声无息了。

　　歪手巴拉丹是个年近六十的老猎人。

　　昨天降下了腊月以来第一场大雪，让他有了难以言表的兴奋状态。在最佳狩猎季节，他一直盼望能有一场能够清清楚楚地显现野生踪迹的大雪。

晚上，他特忙。因为第二天凌晨要出猎，他必须要准备好一切。他先是挑开灶里的火，化铅做砂子儿，接着剪铝片做小圆帽儿，最后装火药。

"嗯，瞎子嘎拉桑和瘸子海达布死掉了，是个好事。"他边干手里的活儿边思谋着，"猎场上少了这两个与我争利的人，真是为我去了心病。"灶火的微光中，他那得意的脸显得红扑扑的。

瞎子嘎拉桑、瘸子海达布和歪手巴拉丹，都是同龄人。他们三家围着一口牧井鼎立而居，都是多年来征战黄羊滩和狮子山，以狩猎为生的老猎人。在那些肥美的秋天和丰饶的冬天的日日夜夜里，扛着一杆空心铁，翻山越岭，爬坡过河，千辛万苦地去狩猎时，他们早已不再遵循祖先那个凡是猎获物不管是牛大的野生还是巴掌大的石鸡都要平分的规矩。不知是由于时代的变迁带来的人口膨胀、猎场缩小的缘故，还是由于环境受到破坏而猎物变稀少的缘故，反正，猎人们异想天开地转悠一两天之后，才有可能遇到一两只野生。所以他们为了抢在别人之前捕到那仅有的一两只野生，简直到了明抢暗夺的地步。假如有谁先捕到了什么，谁也不肯让别人沾光，极力提防，好似乌鸦、老雕与刺猬，相互间充满了蔑视、仇视和敌视。

提起瞎子嘎拉桑，他并非生来就是瞎子。

那是个深秋时分，是他们常到湖边茭茭丛中，蹲入挖好的土坑里，捕获前来饮水的黄羊的时节。那天嘎拉桑赶在巴拉丹和海达布之前蹲进坑里，等来了一群黄羊，于是就起了贪心，往火枪里装了多出一倍的火药和差不多百十来颗砂子，朝那黄羊群正中一只公黄羊扣动了扳机。也许是过于贪心所致，因用力过大，该砸向火泡的击火器脱落而飞向一边。真倒霉！枪没响。"不能让巴拉丹和海达布看我的笑话！"他憋着一肚子气，顺手捡起一块石头照着扣在导火孔上边的火泡砸了下去，枪响了。湖边饮水的黄羊群惊跑的时候，雌雄共十八只黄羊倒在了湖边。然而欣喜若狂的嘎拉桑一时还全然不知，火药把砂子儿射向黄羊的同时也射瞎了他的一只眼。

其实瘸子海达布也不是从小就是个瘸子。有天晚上，海达布在狐狸必经之路安了个大铁夹子。当天晚上下了雪，第二天早晨他去找时什么也看不见了。是下雪前有什么大家伙带走了铁夹子呢，还是巴拉丹或嘎拉桑哪一个使坏，把铁夹子挪了位置呢？

他心生疑惑，想看个究竟，用脚拨拉着雪往前找，却不料一脚踩下去，让那大得能把狼头夹扁的铁夹子夹住了腿，变成了瘸子。

瞎子、瘸子之后，又轮到了巴拉丹。

一天，被巴拉丹打伤的一只狼钻入一片深草丛不见了。巴拉丹踌躇起来，怎么办？按照猎人通常的做法，这种时候不必靠近，而是丢下不管，第二天过来剥皮就是了。可是当他想到，如果瞎子嘎拉桑和瘸子海达布听到了他那打中的枪声而又见他空手回来，说不定半夜他们过来捡了呢。于是巴拉丹决定再补一枪，当场扒皮。只见他重新装好火药和砂子儿，拖着枪钻入草丛往前爬。

俗话说，祸从平地起。他那拖着的枪让草茎拉开了栓，又让艾蒿钩动了扳机。走火的枪又不长眼，打断了他的一条胳膊。后来虽然接上了，却也留下了"歪手"的绰号。

歪手巴拉丹天不亮就起了床。他走出户外去揭蒙古包顶，见那夜里下的一拃厚的雪，心就痒痒起来。在生火熬茶的工夫，他边往木碗里切煮熟的凉黄羊肉，边琢磨着今儿个猎缘在哪方。于是习惯性地捏着手指头，口念"日曜、月曜、火曜、水曜……"捏出了日辰，接着想再捏方向，蓦地听到挂在哈纳头上的火枪枪栓发出了"铮铮"的响声。枪栓发出的吉兆令歪手巴拉丹拍响大腿，心里喊了声："好、好！今天的猎缘真不寻常咧……"他看了看尚未露出鱼肚白的东方天空，急急忙忙开始喝茶。

巴拉丹挂在哈纳头上的火枪常常发出这种响声。

有了这种吉兆，根本用不着捏呀算呀的，随便朝哪个方向走去，都将满载而归。细想起来，那支祖传猎枪没法不神通。且不说祖先那时候，单说到了巴拉丹手里究竟结束了多少条生命，连他自己也记不清。然而这支枪知道，不光知道他的，连他祖宗的也记得清清楚楚。猎场上有个"血点枪眼枪更灵"的说法：每打死一只野生，用冒烟的枪口点一下冒血的伤口，猎枪便可增添灵气，点得愈多愈灵，渐渐地就会变得神通不凡，乃至每遇吉兆便会自动地发出响声。

听那响声，今天不遇只盘羊、岩羊，也能碰上只扁角羊或旱达罕①什么的。巴拉丹如此估摸着往枪筒里装了多出一倍的火药和杀伤力强的炸子儿，竟忘了封灶里的火②，就走了出去。

　　天色微微发亮。草丛间的野兔好像故意逗巴拉丹似的，就在他身边伸手可及的距离三三两两地来回跑动。"今天的目标可不是你们。"巴拉丹理都不理，从旁边走过。一心想着大猎物的巴拉丹走进狮子山，他时而察看渐渐清晰的远处，时而搜寻脚下雪地上的踪印。

　　当太阳爬上狮子山最高峰的时候，歪手巴拉丹来到狮子山的东南山谷里。倏地，他发现在雪地上清清楚楚地印着刚刚走过的公母盘羊带小羔的三只盘羊踪。"怎么样，我的猎枪够灵的吧？"他喜出望外，两眼发亮，两腿也轻多了。哈，多久没吃到那嚼起来有点发涩、嚼过后满嘴香的盘羊肉啦。都说狮子山里盘羊绝种了，看来还有呢。"好吧，你瞎子嘎拉桑和瘸子海达布可就没有这个口福喽。我巴拉丹再歪手也比你俩走运多了，这就叫祖宗积下的恩德哩。"

　　歪手巴拉丹喜欢夸耀自己世代为猎的祖宗。他说他太爷爷曾是个用九十九只虎皮做蒙古包的猎人，爷爷是个用八十八只特赫③皮做蒙古包的猎人，父亲是个用七十七只旱达罕皮做蒙古包的猎人，而到了自己这辈却成了个用六十六

----

①旱达罕：麋、驼鹿、犴。
②封灶火：牧民们出门前必须封好灶火，忘了封火，意味着不吉利。
③特赫：公野山羊。

只黄羊皮做蒙古包的猎人。其实他所期望的不只是用黄羊、旱达罕、特赫或虎皮，而是恨不得用一百零八条同等大小的龙皮缝一顶宽敞无比的大蒙古包，做一个比父亲、爷爷和太爷爷更强的猎人。可惜那个叫龙的玩意儿在比太太爷爷还老早的时候就被杀得精光，连个影子都没留下。歪手巴拉丹有时候也为自己未能有个传香火、接猎枪的儿子而悲哀。不过与以狩猎为业的老祖宗连起来想，心里就会宽松些。假如他真有个儿子，恐怕连用五十五只兔皮缝个蒙古包顶的可能性都不会有了。假如再往下传到孙子、重孙子，也许只得用四十四只耗子皮来对付喽……

古时候地广人少，野生就像天空里的星群，数不尽，打不完，然而就那样也还有很多不成文的关于保护生态平衡，保护野生繁殖方面的禁律，譬如：只有雌雄一对的不猎，野生发情期不猎，哺乳期的母兽不猎……直到歪手巴拉丹的父亲这一辈，猎人们还严守着自古以来的那些禁忌。只是到了巴拉丹这一代这些禁忌已所剩无几，及至后来连影子都没有了。那些因贪婪而眼睛发红的新老猎手们，为了野味和野生的皮毛，不再讲任何禁忌，见了就打，碰上就杀。

巴拉丹被带羔公母盘羊踪引入狮子山深处，那踪突然折向一边大步奔去。他断定盘羊一定是受到了猎人或其他敌人的惊扰，不可能一时半会儿停下来。他爬着坡正觉得希望渺茫，忽然发现一行从盘羊踪上横穿过去的狐狸踪。他看出那只狐狸个头很大而且也已吃饱，正在寻找适合打盹的地方，估计不会走出多远。行啦，明日的肥肉不如今日的杂碎，与其追踪那几只不知什么时候才能停下来的盘羊，不如琢磨近在咫尺的这只狐狸。他丢下远去的盘羊踪，跟上了爬向悬崖的狐狸踪。

他沿着陡峭的悬崖没爬几步，就瞧见了卧在悬崖背风处晒太阳的一只火红狐狸。怎么样？又有个二十五块钱的收入了。巴拉丹兴奋起来，摸到悬崖一侧的卧牛石背后，略一屏气，瞄准狐狸便扣动了扳机。

太阳照到狮子山北麓时，深谷里的巴拉丹才苏醒过来……这是怎么回事？他莫名其妙地欲欠身，顿觉脑袋痛得像爆裂一样。"噢，对啦，我是跟着盘羊踪却去打了红狐狸的人哪。怎么，莫非是撞上修炼成仙的家伙而遭到报应了不成？"

他想站起来，用了用劲儿，没成功。原来他的歪手又断了，一条腿也从踝骨处脱了臼，正钻心裂肝地疼痛。他这才心里扑通一下，不由想起瞎子嘎拉桑的死。

瞎子嘎拉桑终身以猎狐为荣。不知是真是假，据说他死的那年冬天，向邻里们吹嘘说："我已经打死九千九百九十九只狐狸，再杀一只就是整一万，"并发誓，"只要凑够一万整数，我就要放下猎枪，金盆洗手做神仙。"可他连着几天出猎，甭说狐狸，连只兔子样的小狐崽都没碰着。"欲绝猎缘，竟如此倒霉？"他望着落日无精打采地沿着去路往回走。猛然间，他看见有只尾巴白到底、壮得像野猪似的大黑狐狸，也不知是从哪儿冒出来的，拦住他的去路，哀怨而嘶哑地朝他"汪汪"叫。"好晦气的东西！"他气急败坏地端起早已装了火药的猎枪就开枪。不知是白尾巴黑狐狸真的是修炼百年已成仙呢，还是猎枪已在主人之前完成了杀戮的指数呢，反正只听一声巨响，枪膛爆炸，被打的狐狸安然离去，开枪的嘎拉桑却脑浆迸溅……

"刚才我打的是只火红的小狐狸，哪能和嘎拉桑那只白尾巴黑狐狸相比呢？"巴拉丹尽可能寻找理由驱散自己的恐惧心理，"也许刚才只是场噩梦。我歪手巴拉丹是这一带唯一名震四方的祖传猎人，哪能这么容易就不行了呢？"

他又一次想站起来，仍未成功。他这才意识到问题不那么简单。"这可怎么办？我一个孤身老汉，企盼谁来救我呢？真该倒霉！假如早知有今天，当初真该溜舔着让杭日娃那女人跟我好好过得啦。她人缘好，也很美，年轻时可比我老婆水灵多了，我还真没少为她神魂颠倒哩……"

歪手巴拉丹十六岁就有了结发妻子。可惜妻子一直不生育，到了四十岁肚子才凸起来。因为将要有个续香火、接猎枪的猎手儿子，巴拉丹着实脚不着地地高兴了几天。然而生产时难产，妻子像只受伤痛折磨的母鹿一样折腾了整整三天三夜，终于没能生产，母子俩双双离开了人世。失去妻儿，悲痛欲绝的巴拉丹曾一度失去生活的信心，差一点儿也跟着他们去了阴曹地府。

"你就不能不干那打猎杀生的作孽营生吗？"杭日娃女人来看他，意味深长地说。

这句话像一层霜降在巴拉丹的心灵深处。她的劝告不是

没有道理，以杀戮为生，的确没有什么好结果。瞎子嘎拉桑先后娶了五个老婆，五个全死了，而且都像是石女，没有一个为他生育。就算这是缘了他德行不好，可瘸子海达布呢？他的瘦黄女人虽然给他生了个独苗女儿，可天生呆傻，二十了还不会穿衣吃饭，喝口水也要咀嚼半天。喝同一口井水的三家猎户都落个断子绝孙的下场，不能说不是报应。看来真该改掉这提着猎枪以杀戮为乐的荒唐生活啦……他这样犹豫不决地度过了一个春天。不能说独身女人杭日娃不是个佛爷心肠的人，当巴拉丹刚刚结束一百天的丧期，她就拎着针头线脑包跟他合灶同炊，为他撑起了门户。

这一下，因中年丧妻而像霜打的草叶似的发蔫的巴拉丹可算见到了明媚的阳光，他心灵深处积蓄多日的阴霾瞬息间烟消云散。面对按时端上一日三餐热茶新饭的杭日娃女人，他的生活又充满了新的生机。在风华正茂的年龄里，歪手巴拉丹曾苦苦地追求过这个单身女人。不过开头只是为她的美貌所动，时时瞧瞧，以饱眼福和心福而已。后来他觉得，除了妻子没碰过别的女人的人还算什么男子汉？于是便为了满足这一贪婪的欲望，抱着像在无雪的荒野里追踪般的韧劲儿，每每狩猎完回家时以口渴为名绕进她家，口称"野味大家尝"，扔下一两只猎获物，天长日久了，终于有了感情和手脚。

在一个归鸟南飞的深秋季节，黄羊滩的黄羊肥得脊梁上像抹了一层朱砂一样泛红。瘸子海达布和瞎子嘎拉桑为猎黄羊忙得天天不着家，将打死的黄羊一对对地驮来，门前拉起长绳，挂满了一条条黄羊肉干。对此，巴拉丹看在眼里急在心里，手脚发痒，肚里的狩猎虫也蠕动起来，急得像是个憋尿的小男孩团团乱转。滩里的尤物，狩猎的吉星，凭啥就让他俩去独占？巴拉丹终于忍不住，提着猎枪，迈出家门。

第二年青草萌芽的仲春的一天，巴拉丹家来了个自称在南方动物园工作的上了年纪的人。他看出巴拉丹可能是个猎人，便说："如果您能捉住活狼，每一只我给三百块钱。"

三百块钱，差不多是十二张狐狸皮的价！歪手巴拉丹在心里默默地计算一下，点头答应了。

很快又到了坡上马兰青青、花卉出骨朵儿的初夏。一天，多日坐卧不安的歪手巴拉丹也没给杭日娃女人打一下招呼，操了枪就往外走。正在为巴拉丹缝制夏天穿的黄羊皮油鞣革上衣的杭日娃女人，怔怔地目送着不声不响走出家门的巴拉丹的背影纳闷儿："怪啦，这会儿所有野生都在褪毛，只剩光皮板，黄羊也身上生虫卵不能吃了，难道他打了一辈子猎就不知道吗？莫非他有了毛病？"

照进蒙古包内的阳光快到陶纳①顶上的时候，歪手巴拉丹兴致勃勃地回来了。他从宽敞的蒙古袍里掏出三只还不足月的小狼崽儿，用背粪篓扣下，然后在喂奶器里装上牛奶喂起来。

杭日娃女人开头特别憎恶那些小狼崽儿，但后来渐渐觉着顺了眼，有时也给倒点吃剩的饭食。

①陶纳：蒙古包的天窗。

没多久，小狼崽儿渐渐大起来，本性也开始显露出来，不愿接近人，也不愿当着人吃食。于是歪手巴拉丹就在蒙古包外挖了个坑，用柳条编了个篱笆地牢，将小狼崽儿放进去，每天用猎回的野兔、野鸡和黄鼠喂养。

　　然而小狼崽儿都长成小狼时，那买狼人也不见踪影。

　　小狼愈长愈大，喂养也变得艰难。

　　"轻信那过路人的话瞎等，看来是成了狐狸和牤牛的故事①啦。"因心疼巴拉丹那忙碌不停的样子，杭日娃女人说，同时她也露出了将三只小东西放生的意思。

---

　　①狐狸和牤牛的故事：民间故事，说狐狸看见牤牛的阴囊上细下大，以为掉下来马上就能吃到，结果跟随了好几天，那玩意儿没掉下来，狐狸就饿死了。

"你把狼当成绵羊啦？"巴拉丹瞪大两眼，恶狠狠地说，"买狼人不来就拉倒。等再长大些，皮毛长齐了，卖皮子还不行？"

快到数九天，临近狼的发情期。篱笆中的小狼开始骚动起来，恨不得咬破篱笆跑出去，没日没夜地嗥叫折腾，甚至对成天喂养它们的巴拉丹也毫不客气，冲他龇牙咧嘴，射来充满敌意的目光。

"哼，别着急，过两天瞧老子怎样扒你们的皮吧！"

杭日娃女人听到巴拉丹这般嘟囔，便因担心那几只小生命而彻夜未眠。第二天，趁巴拉丹出猎，她壮胆打开篱笆，放走了那几只小狼。

晚上，巴拉丹回来看见敞开的篱笆，便明白是怎么回事，一进门就对围着锅灶忙乎的杭日娃女人左右开弓，打得她眼冒金星、脸发烧。

"狼是你叔父还是你娘舅？"他大发雷霆，"好端端的能做一床被子的三张狼皮让你放跑了……"

杭日娃女人捂脸痛哭着，内心充满了辛酸、苦涩和恼怒。"我没有义务非跟你这个狼心狗肺的东西一起过日子！"她收拾起手头用的东西，当晚就离去了。

巴拉丹躺在深谷里，如此这般想着，忽然听到有老雕在头顶上鸣叫。他抬头望去，只见老天爷阴沉着脸又要下雪，一只寻死尸的老雕近在射程之内盘旋。

"鬼东西！黄羊滩、狮子山缺了你吃的，对我老汉的老肉垂涎啦？难道我这个这片草原上最后一位老猎人就要变成

143

老雕嘴里的吃食？那么……将来人们就会说，歪手巴拉丹的下场比瞎子嘎拉桑和瘸子海达布更次、更惨、更狼狈哩。真要那样，可就败坏了世代为猎的祖宗的名声呵！"

望着头顶盘旋的老雕，心生悲哀的他忽然醒悟过来："嗨，哪是来吃我的，肯定是来吃刚刚让我打死的狐狸的。不行，那只火红的大狐狸少说也能卖二十五块钱，哪能把到手的猎获物让你老雕随意啄烂呢？"

他咬紧牙关，端着断胳膊，拖着脱臼的腿，用好手撑地，用好腿蹬地，吃力地向悬崖爬去。

西斜的太阳被云层遮挡着，只剩个微弱的光点。歪手巴拉丹奇迹般地爬出谷底，沿着刚才的脚印爬上了坡顶，几乎爬到了刚才狐狸卧过的悬崖顶上。可惜狐狸已不见了，只见鲜血染红了一尺见方的雪地，周围也不见有逃走的踪印。巴拉丹绝望了，一定是让刚才那只老雕叼走了。他朝天上看，老雕也不见了。他捂嘴后悔不迭："哼，要是早知道要让你叼走，何必要打它呢？真是可惜啊……"再回头去追那几只盘羊是没指望了，那就找一找丢下的猎枪吧。他又继续向上爬。他听到了似乎是野狼的嗥叫声。他眼前一亮，屏息细听，没错，果然是野狼。他神经质地摸了摸别在腰带上的用牛角制成的火药筒和用公黄羊阴囊皮制成的砂子袋。野狼是与猎人争夺猎获物的天敌，已经相遇，就得打死它。"我必须马上找到猎枪！"他鼓足劲儿，继续向悬崖爬去。猎枪不在那儿，可能在刚开枪的那块卧牛石后头。他又向几步远的卧牛石爬去。

光板石头上的积雪似乎专跟他开玩笑，好不容易爬上去几寸，一打滑便滑下去好几尺。野狼的嗥叫声愈来愈近，眼前的山沟里出现了一群发情的公狼，黑压压的，数量不少。一只、两只、三只……总共有七只，其中有一只母狼。所有的公狼都争着要接近走在最前面的母狼。嘿，多好的机会！太好啦！近年来很少见有这么多发情的公狼在一起。十年前遇到过一次，他藏在岩石后头只打死走在后面的四只公狼，其他的跟母狼一起跑掉了。这次一只也不让它跑了。七只狼皮，缝两床被子还有余头，要卖也能卖它一百多块钱。"我歪手巴拉丹再有伤，也不能玷污猎手的荣誉。如果端着断胳膊、拖着脱臼的腿，一窝端了那些狼，那才是名副其实的猎人哩。"

兴奋起来的巴拉丹不顾一切地去找猎枪。他完全忘记了酸痛的断胳膊和脱臼的腿。猎人遇到野生都这样，这是他们的天性。巴拉丹变成歪手的那次，也有过一次同样的经历。那次虽然流血的胳膊痛得钻心，但他并没有忘记深草丛里受伤的狼。放走到手的猎物，下次出猎必将空手而归。巴拉丹咬一咬牙，撕下腰带，用嘴和好手缠住受伤的胳膊，重新为猎枪装好了子弹。他抱着我因你而受伤的仇恨，接近正在舔伤口的野狼，用断胳膊为猎枪做依托，扣动了扳机。站立起来朝他龇牙咧嘴扑来的狼应声倒下……现在他依然以这种精神，挥汗如雨，气喘吁吁地爬到了丢下猎枪的卧牛石跟前。他有点喘不过气来，稍稍停下来顺势察看山谷里打转的狼群。他担心狼群走远了，不好打。没想到就在这时，用好腿膝盖顶着的石板突然打滑，他像个玩滑梯的孩子似的，从高高的悬崖上直直地滑下去，一直滑到狼群所在的山谷上面的斜坡上，才好不容易停下来。

公狼们正为母狼而争斗，忽见巴拉丹从上头滑下来，受惊不小，立即跑散。不过它们跑出去后，停下来回头看到一动不动地躺在地上的巴拉丹似乎明白了一切，便又一点点地往回走过来。

看着成群而至的狼群，巴拉丹目瞪口呆，吓得早已不是刚才那个为连窝端这群狼而不顾一切、奋力爬悬崖的巴拉丹了。"这下可完啦！我赤手空拳不说，而且还重伤在身，能有好下场吗？"当他想到要跟瘸子海达布一样将变成狼食时，便浑身直打哆嗦。

瘸子海达布起了个大早，去德日斯图峡谷察看头天晚上安放的狼夹子。狼夹子夹住了一只母狼的两条前爪。看来它已经折腾了一夜，已将一座蒙古包见方的草地作践出黑圈，正绝望地立在原地看他走近。

海达布高兴极啦，他走到母狼跟前举起枪托朝母狼头部狠狠地砸去。母狼发出痛苦的叫声。这时，从近旁茇茇丛里"嗖嗖"蹿出两只公狼来。看样子它们在茇茇丛里守候了一夜，此刻要为母狼复仇。还没等海达布反应过来，头一只公狼把他冲倒在地一口咬断了他的喉咙。第二只公狼叼起垂死挣扎的海达布裆部抖动着，从喉咙深处发出愤怒而暴躁的吼声。瞬息间，两只公狼撕光了尚未断气的海达布的衣裳，撕开胸膛，掏空了心肝肺……这一恐怖的死亡场面呈现在歪手巴拉丹的脑海里，令他毛骨悚然，心惊胆战。当他再次看时，狼群已来到十步之遥。他恐惧的眼珠子瞪到了脑门上："今天是完啦，在这深山里……一辈子杀狼的我居然也要跟瘸子海达布一样活活地让野狼吃掉啦。唉，父亲、祖父……那时候有过这种事吗？可是从来没听说过呵。怎么到了我们这一代祸凶不断，接连发生这种恶遇呢？"

到底是现在的狼比那时候的狼凶了呢，还是现在的人比那时候的人懦弱、下作了呢？

走到巴拉丹身边的野狼好像个个都在琢磨如何处置眼前这块活肉似的，有的伸出大红舌头舔着嘴，有的张大嘴露出獠牙，急不可耐地打哈欠。

先是为众公狼领头的细条母狼走过来，闻了闻巴拉丹头下的气味，然后转过去似乎对身后的公狼们说："你们等着，让我来收拾他。"

"完啦。它是来咬断我喉咙，撕开我胸膛的。"巴拉丹缩成一团，护着喉咙，紧闭双眼等着。

母狼频频嗅着巴拉丹，似乎在鉴别这块肉是否能吃。最后好像有了主意，干脆挨着他蹲下，继续观察他的反应。

许久了。恐惧得差点儿拉裤子的巴拉丹觉得奇怪，轻轻半睁眼看了一下。天哪，他看见身边这只母狼不像通常那样长着两只耳朵，而是四只耳朵！他越发心惊肉跳起来。怪！这是什么狼？他这一辈子不知杀死过多少只狼，甭说是四只耳朵的，就是三只耳朵的也未曾见过啊。"可如今，我竟成了四耳母狼的美餐！"

不过倒也是，谁听说过两只耳朵的狼吃过人呢？现在看来，吃掉瘸子海达布的可能也是这种四耳狼啦……

后边并排立着的公狼们已经有些不耐烦了。有只高大的长鬃公狼走出队列，先缓后慢最后箭一般地扑了过来。"吃我的到底还是两耳狼而不是四耳狼。"巴拉丹想。可四耳狼却不答应，迅速向长鬃迎了过去，厮打一阵后，将它击退。于是长鬃狼后头跃跃欲试的其他公狼也都打住，垂涎舐腮，无可奈何地瞅着四耳朵狼的神色。

此时，本来已吓得半死的巴拉丹因见长鬃狼雄狮猛虎般地扑来，只觉肝胆破裂，头一沉，不省人事。

天色渐晚。

阴森森的天开始落下一两片雪花。昏暗中，远处的影子泛着白光。

山谷里，守候巴拉丹的狼群依然喧嚣着，大有不达目的决不罢休的阵势。

该吃这块到嘴边的活肉了吧？公狼们似乎都在表达对四耳狼的不满，有的焦躁地在雪地上打滚，有的在眼馋地伸着懒腰，也有的为表示抗议，暴怒地向身后抛土。

假如不是遇了发情期，公狼们都不会被四耳狼管束得如此服服帖帖。然而恰恰在这欲火旺盛的节令里，母狼才有这种支配一切的机遇。假如这时母狼利益受到侵犯、生命受到威胁，那么所有公狼都会毫不顾忌地豁出命来报复和进攻。

所以此刻跟随四耳狼的公狼们都怕被嫌弃而不让接近，都不敢违背四耳狼的意志去进攻巴拉丹。

巴拉丹苏醒过来，他听到了狼群的叫嚣声和折腾声。当他睁眼看见身边黑压压的狼群，才猛然想起刚才的情景，突然意识到四耳狼毫不留情地击退扑向他的公狼，而自己又不急于下手，这是在故意折磨他。

"好狼毒的家伙！见我已毫无招架之力，自己不咬死我，也不让公狼们靠近我，是成心要在咬断我喉咙、撕开我胸膛之前非把我折腾够不可哩。噢，难道是瞎子嘎拉桑和瘸子海达布的死魂附在这四耳狼身上，来故意取笑我吗？"

巴拉丹的思绪漫无边际地跳跃着，忽然想起一个遥远的事情：他用喂奶器喂养三只小狼崽儿的第三天头上，有一只小母狼崽儿发病要死了。到手的三百块钱哪，怎能让一阵风吹走了呢？在焦急之中，他用杭日娃做衣服的剪子从上到下地剪开了小母狼崽儿的两耳，放掉了坏血才治好……哟，莫非这四耳狼就是那年杭日娃女人放生的小狼不成？那是……一、二、三……五年前的事了。真有灵性，五年了还能闻出他身上的气味儿……倏地，一股热流涌遍了巴拉丹的全身。瞅着守护在他身边警觉地防备公狼们袭击的四耳狼，他的眼里盈满了泪水，霎时间陷入了深深的懊悔之中。

"我明白了。你是念我的恩情，念我那点表面的喂养你的恩情，并把它当成大恩大德，才这样做哩。唉，多傻哟！难道我是疼爱你才喂养你的吗？你至今还不知道我曾在心里想的和背地里干的哩。为了把你从温暖的母怀里夺过来，我曾荷枪实弹地埋伏在离洞口不远的岩石后头整整等候了半天。当你娘出外找食奔波了半天，挺着发胀的奶乳小跑着回来要哺乳你们的时候，我便迎头一枪打死了它。猎人猎狼，一为狼皮，二为狼心。可那个季节狼皮已无毛没用了，可是狼心是治疗心脏病的良药，而且男人吃了狼心可壮胆、壮骨、增添男子汉气概，所以我掏走了你娘的心。把你们抱到家里喂养，本来是用你们换几百块钱，后来因买狼人杳无音讯，才又决定把你们杀了卖狼皮。好在好心的杭日娃女人把你们放生了，要不然再有一天我就把你们宰了扒皮了，要知道我已把刀子磨锋利了……"

瞅着四耳狼，巴拉丹的心里总不是滋味儿，胸腔里有个

冰冷的铁巴掌在紧捏他的心，从那心里捏出的悔恨的老泪模糊了他的视线。顷刻间，那铁巴掌捏出来的泪水似乎有了巨大的魔力，将他狩猎人天生的贪婪和残忍洗涤一净，令那巴拉丹转眼变成了人世间少有的慈悲之人。

"我是个什么？现在才知道，人，实在是个没意思的东西。苍天之下大地之上所有生灵，都有权在所在的那片空间里按照自己的规律生息繁衍。然而人，从古至今只要听说是'狼'，便恨得咬牙，甚至把人的恶劣行为也用狼来作比喻。其实人的某些行为比狼更狠毒，更残忍，更张牙舞爪。难道人们不能把对狼的积怨深仇转移到那些涂炭生灵的人身上吗？

拥有同一生存环境的狼与人，为了各自的生存，都同样去侵害别的生灵。不过狼只要吃饱了肚子，就不再去贪食。可是人吃饱了肚子，还要贪得无厌地去积攒，乃至把狼的食源也杀绝荡尽，不给它们留一丝儿繁殖的机会，然后还说'狼是天敌'。看来某些极端自私和贪得无厌的文明人，在维持生态平衡方面，似乎还不如四条腿的野生的狼。狼为了小狼崽儿的平安，在哺乳期内绝不会去骚扰和加害周围的野生和牲畜。每年阴历五月中旬，当人们组织围猎捕狼时，母狼把正在哺乳的小狼崽儿装入事先准备好的牛羊肚子内，然后驮在背上，天不亮就躲入偏远的深山老林之中。狼的承受力和忍耐力也是惊人的，即使被抢了食源，被猎杀了骨肉，也会为了日后的长期生存，不轻易与人为敌和图谋报复……"

歪手巴拉丹伤心地痛哭了。从他心里流出来的老泪沿着褶皱纵横的脸颊，一滴滴地落在穿在身上的白茬皮袍的袍襟上。说实话，自从他懂事起真还没有这样哭过。可是这会儿，在这白雪皑皑的荒山峡谷里的黄昏中，面对守护他的四耳狼，他竟控制不住自己，大声地恸哭起来。

　　听了巴拉丹那一声声悲痛欲绝的恸哭，一直蹲着的四耳狼站了起来，轻轻走到公狼们跟前似乎是耳语什么，然后伸腰发出一声长长的哀鸣。

　　"我们不能只看到眼前、鼻子底下的一点利益。"巴拉丹哭了一阵，不由得想起一位到草原来旅游的曾到国外深造过的学者的话："从生态平衡角度讲，狩猎最终危害人类自己。尤其是在草原上，猎狼绝对是错误的。狼为机警之师，没有狼，马群和牲畜都将变得迟滞、怠惰和没有精神……"

　　"这是一句我闻所未闻的话。可惜我把他的话当成耳旁风。现在想起来，这是一句至理名言。唉，能有几个人懂得大千世界上的生灵万物相互依存的千丝万缕的联系呢？不过我开始明白了狼不是人类的天敌这个简单道理。在这片土地上，最危险的敌人不是狼，而是像瞎子嘎拉桑、瘸子海达布和我这样终身以杀生为业的猎人。啊，我真不知羞耻，曾大言不惭地自吹是家乡的最后一位猎人哩！瞎子嘎拉桑和瘸子海达布的确是该死，他们死有余辜。杀生不止，装满的孽囊终究要爆炸哩。而杭日娃女人才是个善良的人，她不知多少次地规劝我，不要去狩猎，不要去杀生作孽。她说的跟那位学者都是一个意思。"

歪手巴拉丹在恚恨与悲伤中怔怔地看着周围的荒山。那嶙峋重叠的奇山异峰犹如一只只怒吼的雄狮猛虎，朝他射来冰冷的目光；那犬牙交错的悬崖峭壁，又似乎是一只只哀怨的岩羊、盘羊和扁角羊，令人爱怜和痛惜……"是啊，对这里的每一只生灵我都欠有血债。绝种的，自然要愤恨；稀少了的，自然要哀怨。在这片土地上我所犯下的罪孽，比瞎子嘎拉桑和瘸子海达布只多而不少，如果再加上父亲、祖父、曾祖父……积下的罪孽，将比狮子山还要高，比黄羊滩还要大啊。自古以来都说孽数有头，我这是该到头了啊！我该怎样忏悔和偿还对这片土地、对这片大自然所犯下的罪孽和所欠下的血债呢？实在是应该让世人都明白，同时也应该为后人敲响警钟，假如今后有谁玷污这片土地，肆无忌惮地毁灭这片土地上生存的一切，最终就会像瞎子嘎拉桑、瘸子海达布和我那样，断子绝孙，死无葬身之地！"

歪手巴拉丹不再哭了。看着守护他的四耳母狼，他的心里一阵酸似一阵，一阵痛似一阵，也一阵热似一阵。

"喔，我的四耳狼呵！你让我明白了在尘世混了六十年都没弄明白的最最深刻的道理。在这个五彩缤纷且又布满雾霭的世界里，我这个至今还没有放下猎枪的猎人已无任何牵挂，也无任何留恋。纯真无邪的杭日娃女人已经一去不复返。如果那次我不是因为小狼的事而变脸，她是不会走的……"他瞅着一步之遥的四耳母狼，却看到了年轻时妩媚动人的杭日娃女人……冬日寒风凛冽的夜晚，温柔而迷人的杭日娃女人撩起散发着体温的热被窝，用她那柔软的双手替他轻轻挠着发痒的后背，让他领略着爱的享受和女人的美妙。

（哈达奇·刚　译）

小野猪

[意] 格拉齐娅·黛莱达

清晨的太阳投射出明丽的光辉，小野猪刚刚睁开惺忪的眼睛，大千世界的三种美妙的色彩便立即映照于它的眼帘——远处天空、大海、山峦的背景上，绿的颜色，红的颜色，白的颜色，熠熠闪烁。

　　在苍翠的橡树林的映衬下，近处的冈峦峰岱仿佛缭绕于溶溶月光中的白云，晶莹淡雅。野猪窝的周围，到处是灿烂如火的苔藓，染红了嶙峋的乱石、斜坡和逶迤的峡谷，仿佛打这里经过的所有牧人、强盗，都把他们绯红色的斗篷留了下来，覆盖在这块土地上，还洒下了他们的些许鲜血。在这样的环境里生活，怎能不成为骁勇坚毅的强者呢？

　　七只猪仔贪婪地吮吸着母亲的好似橡子一般僵硬的奶头，年轻的母野猪刚刚用舌头把它们逐个地舔了一遍。它们当中最后一个呱呱坠地、也是最勇敢的猪仔，它因吸足了奶汁而怡然自得，立即"噔噔"地离开了它的诞生地——一棵高大的橡树投下的浓密的阴影形成的小天地，朝广阔的世界奔去。母亲发出一声尖厉的嚎叫，向它召唤，但小野猪毫不理会。只是当它在洒满阳光的土地上，突然瞥见了另外一只野猪，神气活现地把小尾巴卷成圆圈，高高地朝上翘起——它自己的影子——这才吃了一惊，怏怏地返回了猪窝。

一天一夜以后，其他小野猪也迎着太阳奔去，但它们都因瞧见自己的影子而惶恐不已，赶紧回到母亲身边。母猪用嘴把残留在苔藓上的最后几棵橡子咬碎，发出阵阵嘶鸣，呼唤它的儿女。六只小野猪，全都长着一身绒毛，金黄、乌黑两色相间，像绸带一样柔软光滑。它们你追我赶，互相扑打着，跑了回来。

唯独第七只小野猪，那个最先到外界去冒险的勇敢者，却不见踪影。母亲睁大布满血丝的眼睛，用那充满柔情而又狰狞可怕的目光巡视周围，露出雪白的牙齿，像山上的啄木鸟一样发出凄厉的悲鸣，然而，小野猪没有回答，它再也没有回到母亲身边。

小野猪开始了旅行。它在牧童的温暖的背囊里躁动、嚎叫，徒劳无益地挣扎。别了，故乡的山峦，苔藓的芳香！别了，刚刚领略到的犹如母亲的乳汁一般甜蜜的自由！囚犯对厄运的反抗和对亲人的思恋的全部痛苦，在一声声愤怒的咆哮中震颤。

在很长的一段时间里，它被囚禁在一只倒扣的大笤筐里，这自然也不是它心甘情愿的。不知过了几多小时和几多日子，一只极其粗糙、龌龊，以至看上去仿佛戴了黑手套似的小手，把一碗奶汁送进了大笤筐；两只乌黑的大眼睛，透过牢笼的脆弱的芦苇，仔细地注视着它。

一个亲昵、稚嫩的声音对小野猪说："你咬人吗？如果不咬，我就放你出来，要不——晚安，再见！"

囚犯用鼻子拱了拱地皮，把嘴凑近芦苇喘气，但它发出的"哼哼唧唧"的声音是友好的，甚至是哀求的。

乌黑的小手掀开了箩筐。小野猪犹豫不决，怯生生地走出了牢笼，不断伸长鼻子，朝四周嗅闻。

牧人一家的厨房异常破落、矮小，胆小谨慎的牧童又总是紧闭门户。这昏黑黝黯的小天地，跟外面阳光灿烂的山冈，形成多么鲜明的对照啊！炉子里的火已经熄灭了，小野猪钻了进去，开始新的冒险。炉子上正烤着少许大麦，是贫寒的牧人一家用来做面包的。

"妈妈是洗衣工，全靠给战俘洗衣服挣几个钱，我的爸爸在监狱里……"牧童弯下身子，对着炉口说。

小野猪仿佛被这番话打动了，立刻从炉膛里跳了出来，它眨巴着粉红色的眼皮，两只栗褐色的小眼睛凝视着小孩的那双乌黑的大眼。

心有灵犀一点通。从此以后，牧童和小野猪像骨肉兄弟一般相亲相爱，一天又一天，他们总是朝夕相处，形影相随。小野猪不断伸出鼻子，在它好朋友的那双龌龊的小脚上蹭来蹭去；小孩不停地抚摩它的金黄与乌黑两色相间的皮毛，或者，用手指玩弄它的绕成圆环的小尾巴。

两个小伙伴一起度过了许多美好的时光。乱石残垣的院子，使小野猪模糊地回忆起它诞生的山冈。它在院子里到处乱拱，搜寻什么。小孩则仰卧在地上晒太阳，开心地模仿小野猪的叫声。

一天，山间的小路上来了一位长相秀美的女人，修长的身材，苗条纤丽，白净的皮肤透露出红润的光泽。她像一面彩旗那样艳丽动人。她身后跟随着一个男孩子，金灿灿的头发披在红红的脸蛋上。

男孩突然瞥见了小野猪，顿时大声嚷道：

"啊，多漂亮的小野猪！我要它！"

对于金发男孩来说，这是理所当然的事。小野猪一溜烟地蹿回了厨房，急忙钻进了炉膛。像个黑人似的牧童正躺在地上晒太阳，立即气冲冲地跳起来。

"是你的吗？"女人问道。

"是的。"

"把它卖给我吧，我给你一个里拉。"金发男孩说。

"你即使气死了去见阎王爷，我也不会给你。"

"没有教养的东西，胆敢这样说话？"

"你再不滚开，我就用石头砸烂你的脑袋……"

"臭牧童！我要告诉爸爸……"

"我们走吧，走吧，"女人劝道，"回头我跟他的妈妈去谈这件事。"

果然，几天以后的一个晚上，给战俘洗衣服的妈妈正在破落的厨房里像对待一个成年人似的跟儿子谈话的时候，那女子又来了。

"听着，我的帕斯卡莱杜，"母亲搓着她的浸泡在水里的围裙，"呼哧呼哧"地喘气，诉苦说，"如果你的父亲不放出来，我真不晓得怎么办才好……我得了这样的哮喘病，筋疲力尽，再也没有法子坚持下去啦；你哥哥挣的那点儿钱，还不够他自个儿的花销。怎么办啊，我的帕斯卡莱杜？

打哪儿弄钱来送给律师？为了换这点儿大麦，我把奖章和银纽扣都送进当铺去了。如果情况还是这么糟糕，叫我如何是好……"身材苗条、脸色红润的女子走进了寒酸的厨房，在已经熄火的炉子旁边坐下。

"小野猪在哪儿，帕斯卡莱杜？"女子问道，她的目光向四周扫视了一遍。牧童走到炉子跟前坐下，用凶狠、蔑视的眼光瞧着她，只回答了一声：

"滚开！"

"玛丽娅·康贝达，"女子侧身转向正在捶打围裙、准备把它绞干的母亲，说道："你知道，我眼下在一位律师家里做事。法院开庭审判的时候，少爷在家里简直赛过小魔王，他不论想干什么，都得让他称心如意。父亲眼里只有他的这个宝贝儿子。现在少爷病倒了——贪嘴吃撑的！他的父母亲伤心得快要发疯了。你听我说，那天少爷在你们的院子里瞧见了小野猪，马上就想把它弄到手。你把小野猪给我吧，也许，你明天和帕斯卡莱杜一起送去更好，如果要作价，他们会付钱的。"

"你的主人是位律师？"玛丽娅不停地喘息，问道，"那你可以帮我的丈夫说句公道话了，过几天法院就要开庭审理他的案子了。如果他得不到宽恕，我这条性命也就完结了……"

"不过，我也没有法子开口跟我的主人谈这样的事情……"

"好吧，明天帕斯卡莱杜把小野猪送去，可你至少得告诉你的主人，说这孩子是不幸的弗朗齐斯科·康贝达的儿子……你还告诉他，我得了哮喘病，我们快要饿死了……"

那女人没有许下任何诺言，谁都知道，弗朗齐斯科·康贝达确实是有罪的。

小野猪又开始了旅行。但是，这一次却是由它的朋友搂抱着，来到了小城。两颗幼小稚嫩的心紧紧地贴在一起，由于哀愁和好奇而强烈地悸动。

不过，如果说牧童很清楚地知道他不得不把他的亲密朋友拱手交给别人，那么，小野猪却不曾料到它的忠实朋友会抛弃它。小野猪不断拱着那被帕斯卡莱杜的胳膊压着的小鼻子，把它尽量往外伸去，又眯起一只小眼睛，打量着城市的房屋、街道、行人和一帮子瞧它热闹的小孩子。

孩子们一路尾随跟来，一直跟到律师的宅邸，其中的一个跑到前头，上前敲门，对着出现在门槛上的漂亮女用人嚷道：

"帕斯卡莱杜在哭呢，因为他不想把小野猪送给你们，要是不赶快把小野猪从他手里拿过来，他会跑掉，再也不把小野猪交给你们的……"

"不对。我没有哭，你们统统见鬼去！"帕斯卡莱杜大声说，准备把小野猪递到女佣的怀里，可她却做了一个手势，让他进去。正在这当儿，律师胳肢窝里夹了一扎卷宗，打里面出来，准备上法院去。

他是一个身材矮小，肥头大耳的男人，脸色苍白，留着又粗又黑的两撇八字髭，眼睛里透出忧伤的神情。

"什么事？"他问道。

"这孩子把他的小野猪给少爷送来了，他是关在监牢里的可怜的弗朗齐斯科·康贝达的儿子，他们一家都是穷苦人……快饿死了……他妈妈得了哮喘病……"女人一面回答，一面把主人外套袖口上的一段白线轻轻拈下来。

律师摆了摆手，仿佛说"够烦人的了"，然后打量了一下帕斯卡莱杜，说道：

"给他点儿什么吧。"

女用人把帕斯卡莱杜带进一间乳白色的、宽敞明亮的房间。少爷坐在床上，身上盖了一条披肩，正在瞧一本画满了各种稀奇古怪的人物的书：奇形怪状的男子和女人，狐狸脑袋，黄鼠狼尾巴，身上披着熊、豹、野猪和各种野兽的皮毛。看得出来，这满头金发的少爷喜欢各种凶猛残暴的野兽。他一瞧见小野猪，立即把书扔掉，伸出双臂，叫道：

"把它给我，快给我！"

天蓝色的褶裙，吃惊地朝儿子俯下身来，说道：

"什么，你要把它放到床上，我的心肝？你知道，它会把整个床褥蹧蹋得不成样子的。我们暂且把它放在厨房里，你只要病好了，马上就跟它去玩。"

"我要在床上跟它玩！把它给我！要不，我把披肩扔了，马上跳下床来。"

他们把小野猪给了他。小野猪在钻进炉膛去吃弗朗齐斯科·康贝达偷来的羔羊烤肉时蹭来的一身烟灰，在律师儿子的床上留下了乌黑的斑斑点点。帕斯卡莱杜捡起那本画满奇形怪状人物的书，呆瞪瞪地瞧着它。

"你喜欢吗？拿去吧。"夫人说道。

帕斯卡莱杜拿过书来，走出了律师的宅邸。

在街上等着他的孩子们立即围拢了上来，七嘴八舌地问帕斯卡莱杜，他用小野猪换得了什么东西。他们把他奚落了一番，又乘机抢走他的书。

但帕斯卡莱杜猛地伸手夺回了那本书，把它紧紧夹在胳肢窝里，飞快地跑掉了。他觉得，这本书对于他来说，至少是留下了对他那可怜朋友的一点纪念。

他那可怜的朋友尝到了高贵的奴隶生活的一切痛苦。曾经有许多次，少爷差一点儿要把它扼死；从那仿佛波浪一般荡漾的天蓝色褶裙下，曾经无数次飞出一双美丽的脚，对它重重地踢来；又有多少次，女用人嚷嚷：

"等到少爷生日那天，我们把它烤着吃了！"

唯独律师是个好心肠的人。当他从窗口对身体已经复原、回到花园里玩耍的儿子微笑的时候，他的眼睛是那么温柔、忧郁，这使小野猪不由得回想起了留在山上的母亲的慈爱目光。

偶尔也有安宁的时候，小野猪便开心起来，围着女用人的脚嗅来嗅去，紧紧跟随她一溜小跑，甚至把鼻子伸进厨房的蒸锅里去。有时它也被放到荒芜的大花园里去。那里栽着一棵橄榄树、一棵橡树。小野猪用爪子刨地搜寻什么，或者在矮树丛里仰面躺下，眺望着蓝蓝的万里长空、朵朵橙红色的云霞、碧绿的树木掩映的洁白的房屋，它仿佛觉得幸福的时刻终于又来临了，它好像重新回到了故乡的山冈。

少爷藏在花园的那一头，他带着猎枪、手枪、佩刀和长剑，正在玩打猎的游戏。他瞄准小野猪，忽然又怒气冲冲地跑过来，用脚猛踢它，破坏了它的怡然自得的幸福。

一天，厨房里的所有蒸锅都冒出了沸腾的热气。美丽的女用人在缭绕的烟雾中显得格外神采飞扬，仿佛在傍晚的迷蒙暮霭中显露出的一轮玫瑰红的明月。这天是少爷的生日。午宴开始以前，几位客人——律师请来的朋友，悄悄地溜进了厨房，看看女用人准备了什么美味佳肴，不过，他们其实是找个借口来跟最能诱惑他们的女用人搭讪。议员先生也蹑手蹑脚地走进了厨房，他跟女用人调笑了一番，便把一支带套的手枪藏在窗台上：

"我把它放在这里，那个小魔王来翻弄我的口袋，想要我的手枪。你千万别动，它上了子弹。"

客厅里传来一片欢乐的喧嚣。客人们个个快活地笑着，乱哄哄地交谈，律师和法官正在讨论法国一位法官不久以前行使的"赦免法"。

"我们今天免罪释放的那个可怜的家伙，嗯，那个康贝达……"主人说道，"嗯，他是出于无奈才行窃的……他要养活家庭，养活两个很讨人喜欢的孩子……赦免法正适用于他……"

"看来，现在法律仅仅对有钱人才是铁面无私的。"议员先生从鼻孔里哼了一声。客人们都哄堂大笑。小野猪在厨房里跟一只小黑猫一起舔着盘里的残羹。虽然美味的食物对于它俩是绰绰有余，小黑猫还是抢先一步，用脚爪占据了有利的位置，它不时扬起像米粒似的雪白牙齿上的八字髭。

突然，趁女用人到餐厅去的时候，少爷急速地奔进了厨房。他今天穿了一身淡蓝色的衣服，一头金发梳得油光闪亮，好像戴了一顶镀金的头盔。他活像一个小天使，从一张椅子飞到另一张椅子，从炉台纵身跳到桌子上，又从桌子上一跃跳上窗台。他瞥见了手枪，小心翼翼地把它从藏着的地方拿出来，放进皮套里去。他没有因为高兴而叫喊，但他的一双眼睛顿时闪射出像猫一般狰狞锐利的凶光。

他朝小野猪冲去，聪明狡猾的小猫一溜烟地逃窜了。他把小野猪拽起来，从厨房的窗口扔到了菜园子里。

"这一次可当真啦！"他欢欣雀跃，大声喊道，"站在那儿，不许乱动！"小野猪嗅到了灌木丛的气息，心里感到一阵欣喜的兴奋和饱餐后的怡然自得。他瞧见少爷站在厨房的窗子跟前，从皮套里掏出一支手枪，但它却不明白，为什么爬上橡树顶上的小黑猫痴呆地张开嘴，瞪大绿色的眼睛，惊慌失措地注视着它。

一团紫色的浓烟包裹了小野猪。它踉跄地扑倒在地上，闭上了眼睛。但过了片刻工夫，它又睁开粉红色的眼皮，最后一次看了看世界上最美妙的色彩——青翠的橡树、乳白色的房屋、它自己的殷红的鲜血。

（吕同六　译）